いつも一《いっ》緒《しょ》のなかよし4人《にん》組《ぐみ》。

楽《たの》しいけれど、
なんだかもの足《た》りない毎《まい》日《にち》——

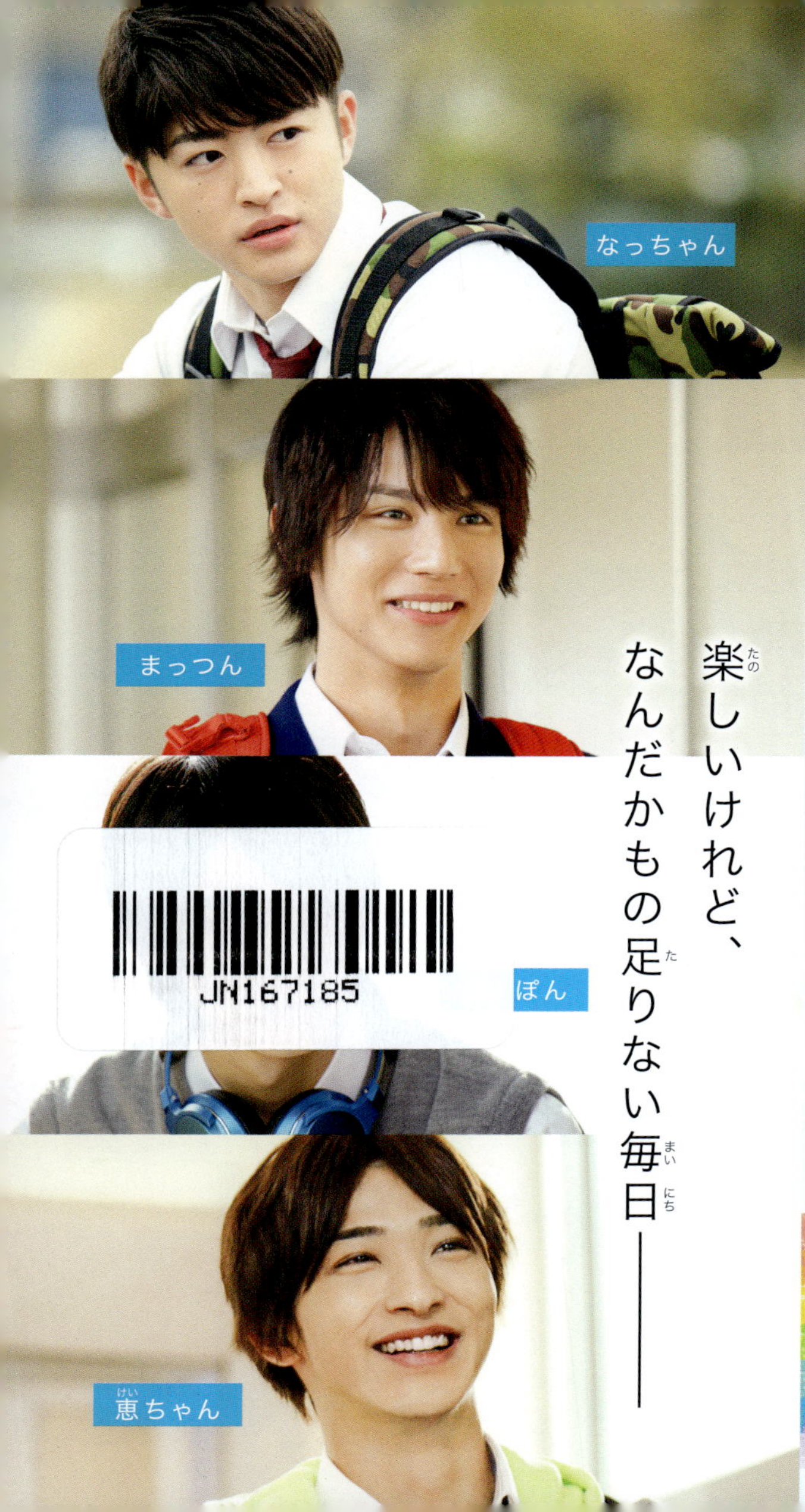

そして、恋《こい》が始《はじ》まる——

笑《わら》って悩《なや》んで

けんかして——

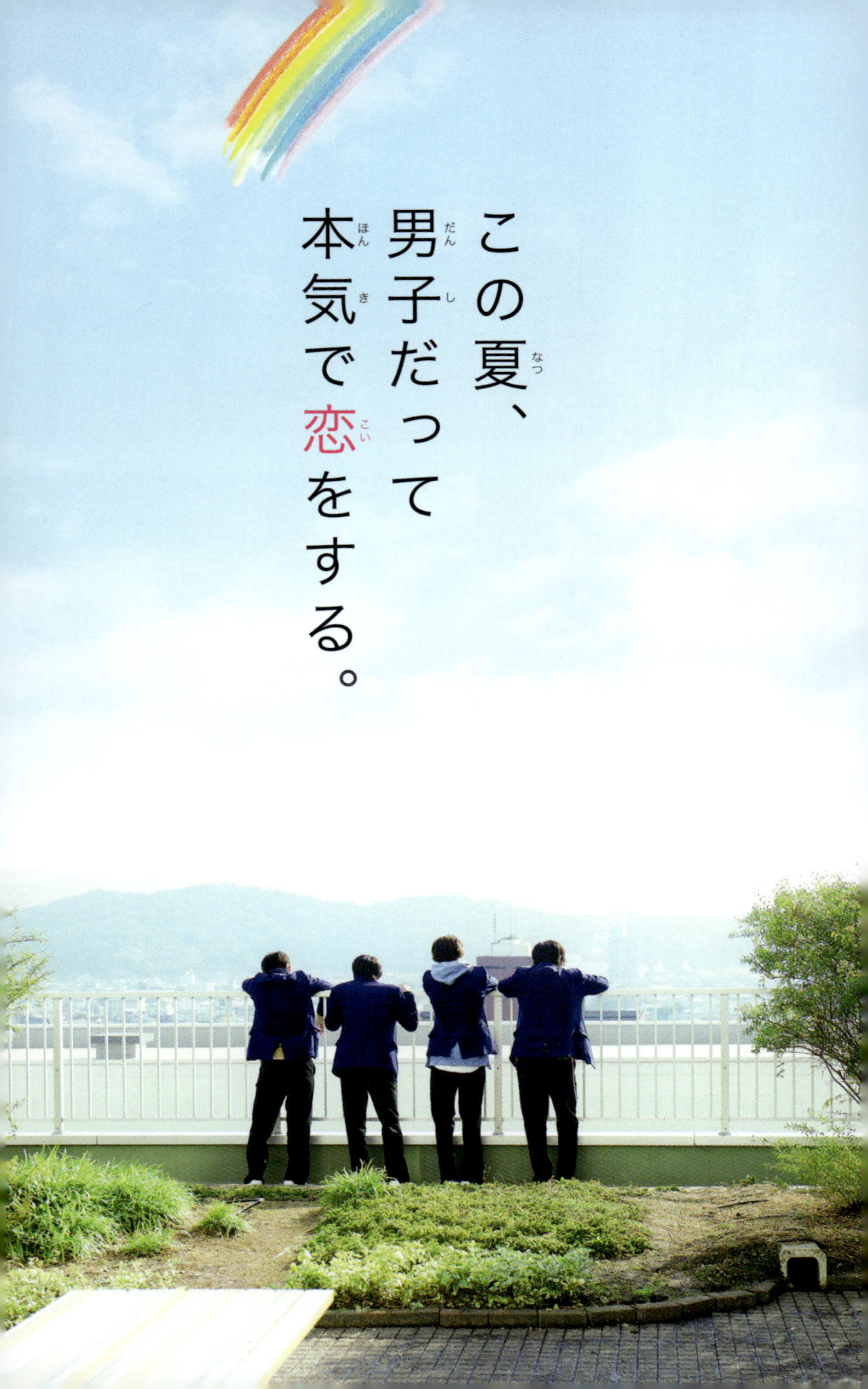
この夏《なつ》、
男子《だんし》だって
本気《ほんき》で恋《こい》をする。

虹色デイズ

映画ノベライズ みらい文庫版

水野美波・原作
はのまきみ・著
根津理香　飯塚 健・脚本

集英社みらい文庫

映画《えいが》『虹色《にじいろ》デイズ』 登場人物紹介《とうじょうじんぶつしょうかい》

つよぽん

直江《なおえ》 剛《つよし》

（高杉真宙《たかすぎまひろ》）

オタクで超《ちょう》マイペースな秀才《しゅうさい》。いつも、仲間《なかま》たちをそっと見《み》守《まも》る。他校《たこう》に彼女《かのじょ》がいる。

恵《けい》ちゃん

片倉恵一《かたくらけいいち》

（横浜流星《よこはまりゅうせい》）

いつもニコニコ。実《じつ》はドS《エス》。男女問《だんじょと》わず人気《にんき》があるが、本当《ほんとう》の恋《こい》の相手《あいて》をさがし中《ちゅう》。

ゆきりん

浅井幸子《あさいゆきこ》

（堀田真由《ほったまゆ》）

コスプレ好《ず》きなつよぽんの彼女《かのじょ》。進路《しんろ》に悩《なや》むつよぽんをけなげに支《ささ》えようとする。

千葉《ちば》ちゃん

千葉黎子《ちばれいこ》

（坂東 希《ばんどうのぞみ》）

男子《だんし》4人《にん》のクラスメイトでバレー部《ぶ》キャプテン。サバサバした性格《せいかく》で、男子《だんし》たちの恋《こい》のアドバイザー。

担任《たんにん》

田渕先生《たぶちせんせい》

（滝藤賢一《たきとうけんいち》）

夏樹《なつき》たちのクラスの担任《たんにん》。コワモテで生徒《せいと》に厳《きび》しく接《せっ》するが、将来《しょうらい》を本《ほん》気《き》で心配《しんぱい》してくれるいい先生《せんせい》。

青涼高校《せいりょうこうこう》・2年《ねん》3組《くみ》

なっちゃん
羽柴夏樹《はしばなつき》
（佐野玲於《さのれお》）
何事《なにごと》にも一生懸命《いっしょうけんめい》。恋《こい》には奥手《おくて》。片想《かたおも》い中《ちゅう》の杏奈《あんな》となかよくなろうと奮闘中《ふんとうちゅう》。

まっつん
松永智也《まつながともや》
（中川大志《なかがわたいし》）
チャラいモテ男《おとこ》。実《じつ》は友《とも》だち思《おも》い。夏樹《なつき》の恋《こい》を応援《おうえん》しているうちにまりに惹《ひ》かれていく。

?

?

青涼高校《せいりょうこうこう》・2年《ねん》1組《くみ》

杏奈《あんな》
小早川杏奈《こばやかわあんな》
（吉川《よしかわ》 愛《あい》）
ちょっぴり天然《てんねん》で大人《おとな》しい女《おんな》の子《こ》。恋《こい》というものを知《し》らなかったが少《すこ》しずつ、変《か》わりはじめ…。

まり
筒井《つつい》まり
（恒松祐里《つねまつゆり》）
杏奈《あんな》の親友《しんゆう》。大《だい》の男嫌《おとこぎら》いで杏奈《あんな》に近《ちか》づく夏樹《なつき》たちに冷《つめ》たく、毒舌《どくぜつ》を吐《は》く。実《じつ》は寂《さび》しがり屋《や》。

兄妹《きょうだい》

筒井昌臣《つついまさおみ》	まりの兄《あに》。まりを小《ち》さい頃《ころ》から可愛《かわい》がり、高校生《こうこうせい》になった今《いま》でも、寂《さび》しがり屋《や》の妹《いもうと》を気《き》にかけている。
（山田裕貴《やまだゆうき》）	

もくじ

プロローグ

恋《こい》も、勉強《べんきょう》も、友情《ゆうじょう》も。
十七歳《じゅうななさい》の今《いま》だからできること。
十七歳《じゅうななさい》の今《いま》しかできないこと。
たった一度《いちど》の青春《せいしゅん》を、かけ抜《ぬ》けろ。

そんな日《ひ》もあるよ。というわけで

羽柴夏樹《はしばなつき》、高校二年生《こうこうねんせい》。あだなは「なっちゃん」。

今日《きょう》も高校《こうこう》までのいなか道《みち》を、自転車《じてんしゃ》で猛《もう》ダッシュしている。

見《み》えるのは、畑《はたけ》と民家《みんか》と少《すこ》しのビル。雨《あめ》あがりの五月《がつ》の空《そら》は、快晴《かいせい》。

夏樹《なつき》の紺色《こんいろ》のブレザーとえんじ色《いろ》のネクタイが、風《かぜ》になびく。町《まち》のあちこちに飾《かざ》られたこいのぼりも楽《たの》しげだ。

「うわっ！」

と、とつぜん、夏樹《なつき》はなにかをよけて自転車《じてんしゃ》ごと転《ころ》び、バシャッと水《みず》たまりへつっこんだ。

全身《ぜんしん》びしょぬれ。制服《せいふく》なんて、しぼれば水《みず》がでてくるほど……。

道《みち》の上《うえ》には、小《ちい》さな緑色《みどりいろ》のアマガエル。

こいつをよけるために、夏樹《なつき》は水《みず》たまりへつっこんだのだ。

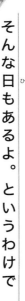

アマガエルが「あ、すまねえっす……」とでも言《い》っているかのような顔《かお》なのを見《み》て、夏《なつ》樹《き》はふうっとため息《いき》をついた。

「危《あぶ》ないよ、もう」

こういうときに怒《おこ》らないのが、夏《なつ》樹《き》の夏《なつ》樹《き》らしいところ。

ピュア男子《だんし》の夏樹《なつき》は、ピュアすぎて、友《とも》だちのあいだではツッコまれ役《やく》でもあった。

そのころ、電車《でんしゃ》の中《なか》では、制服姿《せいふくすがた》の小早川杏奈《こばやかわあんな》が、文庫本《ぶんこぼん》に目《め》を落《お》としていた。

二両《りょう》しかないローカル線《せん》。通学《つうがく》に使《つか》っている高校生《こうこうせい》はあまり多《おお》くない。ガタンガタンと揺《ゆ》れるたびに、杏奈《あんな》のボブヘアも揺《ゆ》れる。

ふいに、開《あ》いている電車《でんしゃ》の窓《まど》から、小《ちい》さな蝶《ちょう》が迷《まよ》いこんできた。

蝶《ちょう》は杏奈《あんな》の読《よ》んでいた文庫本《ぶんこぼん》の上《うえ》を、ひらひらと飛《と》ぶ。

杏奈《あんな》が指《ゆび》を伸《の》ばすと、蝶《ちょう》は指先《ゆびさき》にとまった。

かわいいな、と杏奈《あんな》はほほえみ、蝶《ちょう》を窓《まど》の外《そと》にだしてやる。

こういうときに蝶《ちょう》を逃《に》がしてあげるのが、杏奈《あんな》の杏奈《あんな》らしいところ。

人見知《ひとみし》りでおとなしい杏奈《あんな》は、みんなから「小早川《こばやかわ》さん」と呼《よ》ばれている。

杏奈《あんな》は電車《でんしゃ》をおりて、駅《えき》のホームに立《た》つ。

そして、いつものように、駅《えき》にそって走る高台《たかだい》の道《みち》を見《み》あげる。

しばらくすると、自転車《じてんしゃ》にのった男子高校生《だんしこうこうせい》があらわれた。

最近《さいきん》よく朝《あさ》の駅《えき》で会《あ》う、別《べつ》のクラスの同級生《どうきゅうせい》。

……けれど、なぜか制服《せいふく》も髪《かみ》もぐっしょりぬれている。

杏奈《あんな》は不思議《ふしぎ》そうな顔《かお》をして、高台《たかだい》の道《みち》へ向《む》かった。


「おはよう」

夏樹《なつき》は制服《せいふく》のことなんてまったく気《き》にもとめていない様子《ようす》で、楽《たの》しげに話《はな》しはじめた。

「最近《さいきん》よく、登校時間《とうこうじかん》が合《あ》うよね。偶然《ぐうぜん》にもよく」

夏樹《なつき》は二年《ねん》三組《くみ》、杏奈《あんな》は二年《ねん》一組《くみ》。

クラスのちがう杏奈《あんな》に片想《かたおも》いをしている夏樹《なつき》は、わざとこの時間《じかん》をねらって、この道《みち》を走《はし》ってくる。だから本当《ほんとう》は、偶然《ぐうぜん》でもなんでもなかった。

「高二《こう》になってから、なんかそういう風《かぜ》が吹《ふ》いてるっていうか――」

「羽柴《はしば》くん」

「はい？」

杏奈《あんな》は、心配《しんぱい》そうにびしょぬれの夏樹《なつき》を見《み》た。

「それ、一回帰《いっかいかえ》って、着替《きが》えるレベルだよ？　どうしたの？」

実《じつ》は水《みず》たまりにつっこんで……なんて恥《は》ずかしいこと、言《い》えるわけがない。

「まあ……いろいろ。着替《きが》えに戻《もど》ったら間《ま》にあわないし、学校《がっこう》に」

「……ちょっと待《ま》って」

杏奈《あんな》はそう言《い》って、カバンの中《なか》をまさぐった。そして、かわいらしい花柄模様《はながらもよう》のハンドタオルをとり、夏樹《なつき》に差《さ》しだす。

「これ使《つか》って」

夏樹《なつき》はぽーっとうわついた顔《かお》をして、ハンドタオルを受《う》けとった。

やっぱり小早川《こばやかわ》さんてかわいいよなぁ……なんて思《おも》いながら。

◇◇◇

片倉恵一《かたくらけいいち》。あだなは「恵《けい》ちゃん」。

夏樹《なつき》と同《おな》じ二年《ねん》三組《くみ》で、運動神経《うんどうしんけい》バツグンの元気男子《げんきだんし》。ただし、ドS《エス》。

登校《とうこう》してきた恵一《けいいち》が下駄箱《げたばこ》の扉《とびら》を開《あ》けると、中《なか》にはラブレターが二通《つう》入《はい》っていた。

「…………」

無言《むごん》でそれを見《み》つめる。うれしいっちゃうれしいけど、いらないっちゃいらない。

そこへ、ヘッドフォンをしてスマホを手《て》に持《も》った剛《つよし》がやってきた。

直江剛《なおえつよし》。同《おな》じクラスで、あだなは「つよぽん」。

成績優秀《せいせきゆうしゅう》でマイペースなオタク男子《だんし》だ。

「おお。ここだけ時代《じだい》、昭和《しょうわ》なの？」

と剛《つよし》。たしかに、いまどき下駄箱《げたばこ》にラブレターを入《い》れるなんていう古《ふる》くさい告白《こくはく》は、なかなかお目《め》にかかれない。

「つよぽん、おはよ！」

「おはよ」

「これな……。たぶん先週《せんしゅう》、LINE《ライン》で告《こく》ってきたヤツに、そういうセンス自体《じたい》ありえないって言《い》った情報《じょうほう》がまわったんだ」

「あ、なるほど」

LINE《ライン》で告白《こくはく》がダメなら、ラブレターで……と考《かんが》えた女子《じょし》が、少《すく》なくとも二人《ふたり》いたということだ。

ドS《エス》の恵一《けいいち》もすごいけれど、そこに食《く》らいついていくドM《エム》女子《じょし》もすごいな、と思《おも》いつつ、剛《つよし》は恵一《けいいち》を見《み》る。

「なによ」

「言《い》われた子《こ》、泣《な》いたろうなあ」

「泣《な》けばいいんだよそんなの、好《す》きなだけ」

恵一《けいいち》はそっけない。さすがドS《エス》。

「モテるって素晴《すば》らしい」

「つよぽん、あなたでしょ、リア充野郎《じゅうやろう》は！　ちゃんとした彼女《かのじょ》がいて、コスプレっていう共通《きょうつう》の趣味《しゅみ》まで持《も》って。どうせ今《いま》だってＬＩＮＥ《ライン》してたし……」

「まーまーまー」

「それ謙遜《けんそん》になってねえから」

ちょうどそこへ、ニヤけた夏樹《なつき》が「おっはよ〜」とやってきた。幸《しあわ》せそうにほほえんでいるけれど、なぜか制服《せいふく》はビシャビシャにぬれている。

「「……おっはよ〜？」」

恵一《けいいち》と剛《つよし》が制服《せいふく》をじっと見《み》つめているうちに、夏樹《なつき》はスキップをしながら行《い》ってしまった。しかも、スキップのリズムがおかしい。

「……なっちゃんて、スキップできないんだね」

剛《つよし》がしみじみそう言《い》い、スマホで夏樹《なつき》のスキップ姿《すがた》をカシャッと撮《と》った。

「それでもやってるんだから、なにかあったな」

「わかりやすくて助《たす》かります」

夏樹《なつき》は、妙《みょう》なスキップをしながら廊下《ろうか》を進《すす》む。その先《さき》には松永《まつなが》がいて、女子《じょし》たちに囲《かこ》まれスマホで写真《しゃしん》を撮《と》っていた。

松永智也《まつながともや》。あだなは「まっつん」。

彼《かれ》も同《おな》じ二年《ねん》三組《くみ》で、イケメンで女好《おんなず》きな、いわゆるチャラ男《お》。

夏樹《なつき》は、松永《まつなが》たちの写真《しゃしん》に見切《みき》れて写《うつ》りこんだが、もちろん本人《ほんにん》は自覚《じかく》なし。

とおりすぎていく夏樹《なつき》を、松永《まつなが》は怪訝《けげん》そうに見送《みおく》る。

「は？　夏樹《なつき》、なんなんだ？」

恵一《けいいち》と剛《つよし》もやってきた。

すると、夏樹《なつき》がくるっとふりむいて、花柄模様《はながらもよう》のハンドタオルを自慢《じまん》げに見《み》せびらかす。

「じゃん！　小早川《こばやかわ》さんに借《か》りちゃった〜」

そして駅前《えきまえ》での出来事《できごと》を恵一《けいいち》たちに話《はな》して聞《き》かせる。幸《しあわ》せそうだ。

「――ってわけで、これ小早川《こばやかわ》さんのタオルなんだ」

夏樹《なつき》のうかれっぷりに、一同《いちどう》は「うわぁ……」とドンびきした。

◇◇◇

一時間目《じかんめ》がはじまる前《まえ》に、夏樹《なつき》はジャージに着替《きが》えて、ぬれた制服《せいふく》はベランダに干《ほ》した。

それからハンドタオルを机《つくえ》の上《うえ》にひろげ、スマホで撮影《さつえい》する。いろんな角度《かくど》から。

その様子《ようす》を、恵一《けいいち》と松永《まつなが》が見《み》つめていた。剛《つよし》は無表情《むひょうじょう》で漫画《まんが》を読《よ》んでいる。

「タオルを写真《しゃしん》に撮《と》る。初《はじ》めて見《み》る光景《こうけい》だわー」

恵一《けいいち》があきれ、松永《まつなが》がちゃかした。

「こいつ、もうぜったい、においかいだぜ」

「そんなことしてません！」

夏樹《なつき》がキッパリ否定《ひてい》すると、剛《つよし》が漫画《まんが》から視線《しせん》をあげる。

「じゃあ、かがないの？」

夏樹《なつき》はデレデレっと頰《ほお》をゆるませた。

すると、ちょうど女子《じょし》バレー部《ぶ》の朝練《あされん》から戻《もど》ってきた千葉黎子《ちばれいこ》が、話《はなし》にグイッと入《はい》ってきた。

さっぱりした性格《せいかく》の千葉《ちば》は、男子《だんし》のあいだに違和感《いわかん》なくとけこめる女子《じょし》。みんなから気軽《きがる》に「千葉《ちば》ちゃん」と呼《よ》ばれている。

「あー、かぐねコレ。現行犯《げんこうはん》じゃない？　はい、三、二、一、どうぞ」

「千葉《ちば》ちゃん、その流《なが》れで俺《おれ》がかぐわけなくない？」

千葉《ちば》は、カバンからミニサイズのドライヤーをとりだして、まだ髪《かみ》が湿《しめ》っている夏樹《なつき》に
「使《つか》う？」と差《さ》しだした。

「さっすが千葉《ちば》ちゃん！　ちゃんちばがーさす、なんでも持《も》ってるぅー」

松永《まつなが》がわざとらしくほめると、千葉《ちば》が眉《まゆ》をひそめる。

「まっつん、今日《きょう》も飛《と》ばすねー」

「くぅー」

「朝練後《あされんご》って、シャワー浴《あ》びないとにおうでしょ？」

「おおぅん。いいよいいよ、それイヤなにおいじゃないよ。バレー部《ぶ》はみんな浴《あ》びてるの？」

「はい、まっつん、想像《そうぞう》しない」

恵一《けいいち》がそう言《い》って、ハイテンションの松永《まつなが》をなだめる。

「恵《けい》ちゃんもね」と剛《つよし》。

「つよぽんもね」と千葉《ちば》。

会話《かいわ》がリレーのようになったその横《よこ》で、夏樹《なつき》が真顔《まがお》になる。

「俺《おれ》はしてないからね」

「しーなーよー」

「だって俺《おれ》、小早川《こばやかわ》さんを裏切《うらぎ》れない」

松永《まつなが》たち全員《ぜんいん》が「くあ〜」とくずれおちる。

「なっちゃん、重症《じゅうしょう》！」

そう、夏樹《なつき》の恋《こい》の病《やまい》は、重症《じゅうしょう》だった。

◇◇◇

夏樹《なつき》の制服《せいふく》は、帰《かえ》りまでにすっかり乾《かわ》いていた。

夏樹《なつき》たちは、四人《よにん》とも帰宅部《きたくぶ》。

授業《じゅぎょう》が終《お》われば、あとは自由気《じゆうき》ままに過《す》ごす。近《ちか》くの河原《かわら》でだらだら遊《あそ》んだり、途中《とちゅう》でお菓子《かし》を買《か》い食《ぐ》いしたり。

寄《よ》り道《みち》する店《みせ》は決《き》まっていて、洗剤《せんざい》やら駄菓子《だがし》やらなんでも売《う》っているような小《ちい》さな個人商店《こじんしょうてん》。コンビニよりも、ここが好《す》きだった。

その日《ひ》も、カップ麺《めん》を各自《かくじ》手《て》に持《も》ち、店先《みせさき》のテーブルでふうふう言《い》いながら食《た》べる。十七歳《じゅうななさい》男子《だんし》は、やたらと腹《はら》が減《へ》るのだ。

「なんだろ。やけに汗《あせ》でるな」

「俺《おれ》も。代謝《たいしゃ》、さがったんかな」

恵一《けいいち》と松永《まつなが》に、剛《つよし》がすかさずツッコむ。

「あがった、だね。さがったら汗《あせ》でないから」

剛《つよし》の横《よこ》には、いっしょに座《すわ》ってラーメンをすすっているセーラー服女子《ふくじょし》がいた。

浅井幸子《あさいゆきこ》。あだなは「ゆきりん」。

みんなと学校《がっこう》はちがうけれど、同《おな》じ高校《こうこう》二年生《ねんせい》。剛《つよし》とは趣味《しゅみ》のコスプレを通《つう》じて知《し》りあったオタク仲間《なかま》で、今《いま》は恋人同士《こいびとどうし》だった。

幸子《ゆきこ》はまったく人見知《ひとみし》りをしないし、一瞬《いっしゅん》にしてだれとでも仲《なか》よくなってしまう。

「ごめん、私《わたし》、今日《きょう》タオル持《も》ってないや」

幸子《ゆきこ》がハハハと笑《わら》うと、剛《つよし》がうなずく。

「そんな日《ひ》もあるよ。というわけで、なっちゃん」

剛《つよし》たちがいっせいに叫《さけ》ぶ。

「「「**タオル貸《か》~してっ！**」」」

「はいどーぞ！　……って貸《か》すかい」

このメンバーでいると、だいたいいつも、こんな感《かん》じだった。

意味《いみ》があるような、ないような会話《かいわ》が、だらだら続《つづ》く。

それがとても心地《ここち》よかった。

「いいじゃねえか、ちょっとくらい」

「なにか拭《ふ》いてこそのタオルだろ？」

「「「**そうだそうだ！**」」」

「てか恵《けい》ちゃんもまっつんも、そんなに妬《や》かないでもらえる？」

夏樹《なつき》が大《おお》まじめにそう言《い》うので、みんながドンびいた。

こういうちょっと天然《てんねん》なところが、夏樹《なつき》らしいといえば夏樹《なつき》らしい。ただもう、ツッコミどころは満載《まんさい》だ。

「ごめん。こいつマジでなに言《い》ってるの？　いちおう言《い》っとくと、俺《おれ》、モテますけど？」

本人《ほんにん》が言《い》うように、松永《まつなが》はモテる。イケメンだし、女《おんな》の子《こ》と楽《たの》しく会話《かいわ》をするのが得意《とくい》だ。松永《まつなが》のスマホには大量《たいりょう》の女《おんな》の子《こ》の連絡先《れんらくさき》が入《はい》っていた。

「俺《おれ》もですけど？」

そう、恵一《けいいち》もモテる。帰宅部《きたくぶ》なのにいろんな運動部《うんどうぶ》からヘルプを頼《たの》まれるくらいに運動《うんどう》神経《しんけい》がよくて、なにしろ元気《げんき》で目立《めだ》つ。

ただ性格《せいかく》がドS《エス》だから、なかなか相性《あいしょう》のいい彼女《かのじょ》に恵《めぐ》まれないけれど……。

みんながモテ自慢《じまん》する中《なか》、一人淡々《ひとりたんたん》とラーメンを食《た》べている剛《つよし》が、我関《われかん》せずと詩人《しじん》のようなことをつぶやく。

「すがすがしい夕方《ゆうがた》」

「だいたい、ＬＩＮＥ《ライン》ひとつ聞《き》けないくせに」と恵一《けいいち》。

「いや、聞《き》いてないだけだから……まだ」

夏樹《なつき》がぼそっと答《こた》えると、全員《ぜんいん》の総《そう》ツッコミがはじまる。

「じゃあぜったい聞《き》けよ！」

「明日《あした》だからな！」


これが、彼《かれ》らの毎日《まいにち》。

大《おお》きな事件《じけん》は起《お》きないけれど、小《ちい》さな事件《じけん》はたくさん転《ころ》がっているような、そんな日々《ひび》。

もっかの関心事《かんしんごと》は——

夏樹《なつき》と杏奈《あんな》がＬＩＮＥ《ライン》交換《こうかん》をできるかどうか。

男《おとこ》はだまって肉声《にくせい》で叫《さけ》ぶ

つぎの日《ひ》、夏樹《なつき》は二年《ねん》一組《くみ》にでかけていった。

借《か》りたハンドタオルを大事《だいじ》に持《も》って、心《こころ》の中《なか》で「これを返《かえ》しつつ、さりげなくＬＩＮＥ《ライン》を教《おし》えてもらう――よし、イメージできた」と気合《きあ》いを入《い》れる。

夏樹《なつき》は、教室《きょうしつ》からでてきた女子生徒《じょしせいと》に声《こえ》をかけ、杏奈《あんな》を呼《よ》びだしてもらった。

ところが、なぜかやってきたのは別《べつ》の女子《じょし》。

筒井《つつい》まり。あだなは「まりちゃん」。

いつも護衛《ごえい》のように杏奈《あんな》にくっついている親友《しんゆう》で、かわいらしい顔《かお》とは裏腹《うらはら》に、言葉《ことば》も雰囲気《ふんいき》もかなりキツい。

夏樹《なつき》はきょとんとして、まりにたずねる。

「小早川《こばやかわ》さんは……？」

「だから、いないけど？」

まりがつっけんどんにそう言《い》うが、教室《きょうしつ》の奥《おく》に杏奈《あんな》の姿《すがた》が見《み》えている。まちがいなく杏《あん》奈《な》。ぜったいに杏奈《あんな》だけど！

「……いや、でも、あそこに小早川《こばやかわ》さんらしき――」

「あれは似《に》てるけど別人《べつじん》！　杏奈《あんな》になんの用《よう》？」

まりが、じろりと夏樹《なつき》をにらむ。思《おも》わず身《み》がすくんだ。ヘビににらまれたカエルとは、まさにこのこと。

夏樹《なつき》は、おそるおそるタオルを差《さ》しだした。

「……これ、昨日《きのう》借《か》りて――」

「変《へん》なことに使《つか》ってない？」

まりは、さっきから食《く》い気味《ぎみ》に話《はな》してくる。しかも目《め》つきが怖《こわ》い。

「……は？　そもそも使《つか》ってないし、ちゃんと洗《あら》ったし」

「ふーん」

まりは夏樹《なつき》の手《て》からサッとタオルをうばい、ピシャッとドアを閉《し》めた。

夏樹《なつき》、ドアの前《まえ》でぼうぜん。なんなんだ、なんなんだ、なんなんだ……。

その様子《ようす》を、二年三組前《ねんくみまえ》の廊下《ろうか》でじーっと見《み》ていた松永《まつなが》たちは、全員《ぜんいん》「ありえねぇ」といった様子《ようす》で教室《きょうしつ》へ入《はい》っていく。

「だと思《おも》いました」と恵一《けいいち》。

「ある意味《いみ》、期待《きたい》を裏切《うらぎ》らない」と剛《つよし》。

「シンプルにマジでない」と松永《まつなが》。

「まったく」と千葉《ちば》。

そのうしろを、夏樹《なつき》がとぼとぼとついていく。

杏奈《あんな》がいたのに「いない」と言《い》われるし、話《はなし》もさせてもらえなかったし……あの状況《じょうきょう》でLINE《ライン》交換《こうかん》なんてできるわけがない。

「いや、あんなキレ気味《ぎみ》にいきなりこられたらさ、しょうがないじゃない！」

すると、剛《つよし》が冷静《れいせい》にたしなめた。

「『しょうがない』言《い》ってるヤツ、出世《しゅっせ》できないよ」

「そうだそうだ！」

調子《ちょうし》にのる恵一《けいいち》に、剛《つよし》が冷静《れいせい》にツッコむ。

「あと、『だと思《おも》いました』って言《い》うヤツも出世《しゅっせ》できない」

「ええ〜」


男子《だんし》たちがそんなどうしようもないやりとりをしている一方《いっぽう》で、二年《ねん》一組《くみ》の教室《きょうしつ》では、まりが杏奈《あんな》の席《せき》へかけ寄《よ》る。

「杏奈《あんな》。これ、あずかった」

杏奈《あんな》は見《み》あげて、ふんわり笑《わら》った。

今日《きょう》も杏奈《あんな》はかわいいなぁ。タオルを受《う》けとる手《て》つきも、おっとりしていてかわいい。

まりは幸《しあわ》せな気持《きも》ちになる。

「え？　あ、羽柴《はしば》くん？」

「うん」

「きたの？」

杏奈《あんな》はタオルをじっと見《み》て、ちょっとほほえむ。

タオルはきちんとたたまれていて、洗《あら》いたてのいいにおいがした。

「そうそう。きた」

まりは、軽《かる》くそう答《こた》えて自分《じぶん》の席《せき》へ戻《もど》った。もちろん「杏奈《あんな》はいない」なんて夏樹《なつき》にうそをついたことは秘密《ひみつ》にして。

◇◇◇

昼休《ひるやす》み、学食《がくしょく》でだらだら過《す》ごす男子四人《だんしよにん》の話題《わだい》は、もちろん夏樹《なつき》のＬＩＮＥ《ライン》交換《こうかん》のこと。

「……ほんと、なにかいい作戦《さくせん》ないかね？」

夏樹《なつき》は、テーブルに頬杖《ほおづえ》をついて途方《とほう》に暮《く》れていた。

松永《まつなが》があきれて一喝《いっかつ》する。

「なにが作戦《さくせん》だ。そういうのはもっと壮大《そうだい》なミッションのときに使《つか》うんだよ。サクッと聞《き》けばいいだけだろ、ＬＩＮＥ《ライン》なんざ」

松永《まつなが》なら簡単《かんたん》だろう。「いいね、キミかわいいね、ＬＩＮＥ《ライン》教《おし》えてくれる？」なんて軽《かる》めに迫《せま》っていけるキャラだし、迫《せま》れば女《おんな》の子《こ》だって簡単《かんたん》に教《おし》えてくれるはず。

でも、夏樹《なつき》はそういう、ガツガツいけるようなタイプじゃない。

「みんながみんな、そうはできないんだって。まっつんとはちがうんだよ」

「くあ〜、情《なさ》けねえ」

「しょうがないじゃない」

剛《つよし》がすかさず指《ゆび》をさす。

「あーあーあー。また『しょうがない』って言《い》った」

そういうヤツは出世《しゅっせ》できない、というのが剛《つよし》の持論《じろん》。

すると、恵一《けいいち》が身《み》をのりだす。

「じゃあ、これどう？　五月中《がっちゅう》に聞《き》けなかったら、みんなに学食《がくしょく》を三回《かい》おごる大作戦《だいさくせん》」

「最高《さいこう》っす！」と松永《まつなが》が興奮気味《こうふんぎみ》にのってくる。

「決《き》まりー」と剛《つよし》が棒読《ぼうよ》みで賛成《さんせい》する。

あわてたのは夏樹《なつき》だ。

少《すく》ないお小遣《こづか》いから三人分《にんぶん》の学食《がくしょく》を三回《かい》もおごるなんて、破産《はさん》してしまう。そんな事態《じたい》におちいるのは、なんとしてでも避《さ》けなければ——。

「やだよ。それに勝手《かって》に『大《だい》』をつけないでよ。だいたい、作戦《さくせん》でもなんでもないし!」

夏樹《なつき》があたふたしているかたわらで、恵一《けいいち》と松永《まつなが》が「これは愛《あい》のムチだ」「いやん」と、ドS《エス》とドM《エム》ごっこでふざけはじめる。


ちょうどそのとき、学食《がくしょく》に杏奈《あんな》とまりがやってきた。

気《き》づいた剛《つよし》が、夏樹《なつき》に目《め》くばせをする。

まりは夏樹《なつき》に気《き》づき、ひとにらみすると、杏奈《あんな》の手《て》をにぎってひきかえそうとする。まるで、杏奈《あんな》を一ミリも近《ちか》づけたくない、といったふうに。

松永《まつなが》は、そんなまりの様子《ようす》を、興味深《きょうみぶか》げに見《み》つめていた。パッと見《み》、かわいらしい雰囲《ふんい》気《き》の子《こ》なのに、なんであんなにトゲトゲしいんだろう。

そして夏樹《なつき》は、まりの態度《たいど》にただただショックを受《う》けていた。

まりに対《たい》してなにかやらかした覚《おぼ》えは……ぜんぜんない。心《こころ》あたりがまるでない。

「俺《おれ》、なんで筒井《つつい》さんに嫌《きら》われてるんだろ」

ぼそっと夏樹《なつき》がつぶやくと、恵一《けいいち》がケラケラ笑《わら》う。

「生理的《せいりてき》にじゃない？」

「アレルギー的《てき》なね」と剛《つよし》。

夏樹《なつき》はふうっとため息《いき》をついた。

「はっきり言《い》いすぎ」


とつぜん、まりに手《て》をひかれてびっくりした杏奈《あんな》は、学食《がくしょく》をでていく間際《まぎわ》に夏樹《なつき》に気《き》づいたけれど——外《そと》へつれだされてしまった。

杏奈《あんな》は、まりといっしょに教室《きょうしつ》へ向《む》かう。

廊下《ろうか》で、仲睦《なかむつ》まじくおしゃべりをしているカップルや、ふざけあってはしゃいでいる男《だん》女《じょ》のグループとすれちがう。

杏奈《あんな》には、みんなとても楽《たの》しそうに見《み》えた。

でも、まりにはそう見《み》えなかった。

◇◇◇

六月中旬《がっちゅうじゅん》。

制服《せいふく》が夏服《なつふく》になり、半月《はんつき》が経《た》つ。

結局《けっきょく》、『五月中《がっちゅう》に聞《き》けなかったら、みんなに学食《がくしょく》を三回《かい》おごる大作戦《だいさくせん》』は決行《けっこう》され、夏《なつ》樹《き》はお昼《ひる》をおごるはめになった。

つまり、ＬＩＮＥ《ラ　イ　ン》交換《こうかん》ができなかったということ。

朝《あさ》、駅《えき》のそばの高台《たかだい》の道《みち》。その日《ひ》はいつもより少《すこ》し遅《おく》れて、夏樹《なつき》があらわれた。

杏奈《あんな》はマスク姿《すがた》。花粉《かふん》がわさわさ飛《と》んでいて、くしゃみがとまらない。

「おはよう」

「おはよう」

「風邪《かぜ》？」

夏樹《なつき》が心配《しんぱい》そうに聞《き》くので、杏奈《あんな》は首《くび》を横《よこ》にふった。

「アレルギー。ブタクサがダメで」

夏樹《なつき》はいかにも気《き》の毒《どく》そうな様子《ようす》で「あー」と言《い》う。

「毎年《まいとし》、この時期《じき》はしんどくて——」

と言《い》ったそばから、鼻《はな》がむずむずして、杏奈《あんな》はくしゃみをしてしまう。

ハックシュン！

あたりにひびきわたるほどのくしゃみ。顔《かお》をあげると、夏樹《なつき》がニコニコして見《み》つめていた。また鼻《はな》がむずがゆくなる。

「ごめんなさい……ハックシュン……もう」

夏樹《なつき》もなぜか、「もう」とつぶやく。

うっとりと杏奈《あんな》を見《み》つめすぎたせいで、うっかり夏樹《なつき》に杏奈《あんな》の「もう」がうつってしまったのだが——杏奈《あんな》がそれを知《し》るよしもない。

「もう？」

「あ、いやいや」

「……ダメだ、ほんとダメ」

杏奈《あんな》は、続《つづ》けざまにくしゃみをして、いそいそとマスクをとりかえた。ちょっと恥《は》ずかしい。

それを察《さっ》してか、夏樹《なつき》がおしゃべりをはじめる。

「……俺《おれ》の姉《ねえ》ちゃんもブタクサで。六月《がつ》は死《し》んだも同然《どうぜん》って言《い》ってるくらいで」

「わかる。ほんとは外《そと》にでたくないもん」

「だから対策《たいさく》くわしくて。まあ、ほぼ気休《きやす》めらしいけど」

「知《し》りたい。気休《きやす》めでも」

「じゃあ、くわしく教《おし》えるためにも、なんて言《い》うんだろ……こうなった以上《いじょう》は……LINE《ライン》交換《こうかん》しない？」

まわりくどい夏樹《なつき》の言《い》い方《かた》がおかしくて、杏奈《あんな》はクスッと笑《わら》ってしまった。

「なにが、どうなった以上《いじょう》？」

「……ダメかな」

「ダメじゃない」

よっしゃ！　と心《こころ》の中《なか》でガッツポーズを決《き》めつつ、夏樹《なつき》はスマホをとりだした。あせりすぎたせいか、逆《ぎゃく》にもたもたして、時間《じかん》がかかってしまう。

ともあれ、なんとか連絡先《れんらくさき》はゲット。

今日《きょう》からバラ色《いろ》の日々《ひび》がはじまる……はず！

◇◇◇

授業《じゅぎょう》の合間《あいま》の十分休《じゅっぷんやす》み。

二年《ねん》三組《くみ》の教室《きょうしつ》では、夢見心地《ゆめみごこち》の夏樹《なつき》が、スマホの画面《がめん》を見《み》つめてにやけていた。

そんな夏樹《なつき》を、松永《まつなが》と恵一《けいいち》、千葉《ちば》があきれて眺《なが》めている。

そして剛《つよし》は、いつものように漫画《まんが》を読《よ》んでいた。

夏樹《なつき》のスマホに表示《ひょうじ》されているのは、杏奈《あんな》とのＬＩＮＥ《ライン》画面《がめん》。

「くぅー。聞《き》けるもんだねえ、聞《き》けるときは！」

そして指《ゆび》で十字《じゅうじ》を切《き》り、それを天井《てんじょう》へ向《む》ける。

サッカー選手《せんしゅ》がゴールを決《き》めたときに、こんなふうに祈《いの》りのポーズをすることもある。

……が、夏樹《なつき》はサッカー選手《せんしゅ》でもなければ、キリスト教徒《きょうと》でもない。

「……こいつ、腹立《はらた》つ〜」

松永《まつなが》がイラっと返《かえ》したが、夏樹《なつき》は上機嫌《じょうきげん》だ。

「よくそこまでアガれるな。たかがＬＩＮＥ《ライン》で」

恵一《けいいち》がそう言《い》い、剛《つよし》が漫画《まんが》を読《よ》みながらうなずいた。

みんなの冷《つめ》たい反応《はんのう》に、夏樹《なつき》はキョロキョロ。

「おかしいでしょ、みんなのリアクション」

「おかしいのは、おまえのテンションだ」

松永《まつなが》が千葉《ちば》をふりかえる。

「千葉《ちば》ちゃん、どう思《おも》う？」

「ひいた。特《とく》にこれが」

と千葉《ちば》は、天《てん》に祈《いの》りを捧《ささ》げるポーズを真似《まね》する。みんなが「いっしょ〜」と口《くち》をそろえた。

「……疎外感《そがいかん》がすごい」

「じゃあ聞《き》くけど、気休《きやす》め情報《じょうほう》以外《いがい》、なに送《おく》るんだ？」と松永《まつなが》。

たしかに、今《いま》はまだ「気休《きやす》めでもいいから知《し》りたい」と杏奈《あんな》が言《い》った、花粉症対策情報《かふんしょうたいさくじょうほう》しか送《おく》っていない。

そう言《い》われたら、この先《さき》、ちゃんと楽《たの》しいやりとりができるのか、ちょっと不安《ふあん》になってきた。恵一《けいいち》がふんと鼻《はな》で笑《わら》う。

「男《おとこ》と女《おんな》は、S《エス》かM《エム》。誘《さそ》うか誘《さそ》われるかだぜ？　で、小早川《こばやかわ》さんは、誘《さそ》ってくるタイプじゃぜったいないから」

ということは――。

恵一《けいいち》と松永《まつなが》が、「なっちゃんから誘《さそ》うのが筋《すじ》」「義務《ぎむ》」「使命《しめい》」「責任《せきにん》」「マスト」などなど、これでもかとたたみかける中《なか》、剛《つよし》がしれっとリア充発言《じゅうはつげん》。

「教《おし》えようか、熱《あつ》いデート場所《ばしょ》」

さらに、千葉《ちば》が追《お》いうちをかける。

「ねえ、なっちゃん。これはもう、今日誘《きょうさそ》うしかない流《なが》れじゃない？」

「千葉《ちば》ちゃん……」

夏樹《なつき》があわあわする。

と、とつぜん、恵一《けいいち》がベランダへかけでた。

「しかも、LINE《ライン》いらねえ流《なが》れだ」

「ほんとだ！　ナイス時間割《じかんわり》の妙《みょう》！」

松永《まつなが》も興奮《こうふん》気味《ぎみ》にベランダへでていく。つられて夏樹《なつき》も。

すると、外《そと》のわたり廊下《ろうか》を、運動着《うんどうぎ》を着《き》た二年《ねん》一組《くみ》の生徒《せいと》たちが歩《ある》いていた。

その中《なか》に、杏奈《あんな》とまりの姿《すがた》が。

「こりゃのるっきゃねえ」

「男《おとこ》はだまって肉声《にくせい》だ」

「「**小早川《こばやかわ》さ――ん!!**」」

夏樹《なつき》があわてて恵一《けいいち》と松永《まつなが》の口《くち》をおさえる。恥《は》ずかしくて、顔《かお》が真《ま》っ赤《か》だ。

恵一《けいいち》が夏樹《なつき》の手《て》をひきはがして、ブハッと息《いき》をはいた。

「わかったわかった。じゃ、これで誘《さそ》わなかったら、六月《がつ》もみんなの学食《がくしょく》三回《かい》おごり！」

すかさず松永《まつなが》たちが大喜《おおよろこ》びして騒《さわ》ぎだす。

夏樹《なつき》にしてみれば、冗談《じょうだん》じゃなかった。

そんなの、本気《ほんき》で破産《はさん》するって……。

そのころ、外履《そとば》きに履《は》き替《か》えた杏奈《あんな》たちは、校庭《こうてい》に向《む》かっていた。

杏奈《あんな》が、今朝《けさ》の出来事《できごと》をまりに話《はな》す。いつもの道《みち》で顔《かお》を合《あ》わせ、花粉症《かふんしょう》の話《はなし》をしたこと。

夏樹《なつき》の姉《あね》の花粉症対策情報《かふんしょうたいさくじょうほう》を教《おし》えてもらうこと。LINE《ライン》交換《こうかん》をしたこと――。

「えっ……」

それを聞《き》いて、思《おも》わずまりの足《あし》がとまった。

杏奈《あんな》は楽《たの》しそうにほほえみながら、先《さき》に歩《ある》いていってしまう。

一人残《ひとりのこ》されたまりは、ぼそっとつぶやいた。

「あいつとLINE《ライン》、交換《こうかん》したの……？」

杏奈《あんな》の連絡先《れんらくさき》を聞《き》きだすなんて、許《ゆる》せない――。

そう思《おも》ったまりは、夏樹《なつき》に直接文句《ちょくせつもんく》を言《い》いに行《い》こうと決《き》めた。

◇◇◇

放課後《ほうかご》、まりは下駄箱《げたばこ》の前《まえ》で夏樹《なつき》を待《ま》ちぶせした。イライラして、下駄箱《げたばこ》の扉《とびら》を開《あ》けたり閉《し》めたりする。バタン、バタン。

「……ごめん、待《ま》った？」

という声《こえ》でふりむくと、そこにいたのは松永《まつなが》と恵一《けいいち》、そして剛《つよし》。夏樹《なつき》はいない。

ぶすっとして三人《にん》を無視《むし》したまりに、松永《まつなが》が笑《わら》いかけた。

「ねえ、まりちゃん。少《すこ》しくらいユーモアあってもいいじゃない？　ちゃんまりぃ。ちゃちゃちゃ、ちゃんまりぃ」

まりはぜんぜんのってこない。顔《かお》をそむけて言《い》い捨《す》てる。

「よく知《し》らねーヤツに、ちゃんづけされる覚《おぼ》えない。プラス、ふりまくユーモアもない」

恵一《けいいち》と剛《つよし》が「怖《こわ》っ！」という表情《ひょうじょう》で、おたがいに顔《かお》を見《み》あわせる。

が、チャラ男《お》の松永《まつなが》はめげなかった。

「じゃあ、筒井《つつい》まりさんが待《ま》ってらっしゃるのは、小早川杏奈《こばやかわあんな》さんですか？」

まりはまったくのってこない。むすっとして問《と》いかける。

「羽柴夏樹《はしばなつき》は？」

「そっちは呼《よ》び捨《す》てかい」

せっかく「さん」をつけて呼《よ》んだのに。それにしても、なぜ夏樹《なつき》をそれほどまでに目《め》の敵《かたき》にしているのだろう。松永《まつなが》は不思議《ふしぎ》だった。不思議《ふしぎ》なうえに、すごく気《き》になる。

「なんで？」

「LINE《ライン》、消去《しょうきょ》しないと」

「……なんで？」

「虫《むし》だから。杏奈《あんな》のまわりでブンブンうるさい」

さすがにこの発言《はつげん》はスルーできなかった。いくら女《おんな》の子《こ》といえども、友《とも》だちをバカにされては許《ゆる》しておけない。

「……よく知《し》らねーヤツが、人《ひと》の友《とも》だち、虫《むし》とか言《い》ってんじゃねぇぞ？」

まりが、無言《むごん》でにらみかえす。

「なんでそんな邪険《じゃけん》にすんだよ。夏樹《なつき》はべつに悪《わる》いヤツじゃねえし、筒井《つつい》にとっても、小《こ》早川《ばやかわ》さんは友《とも》だちだろ？」

「……なんでなんで、うるさい！」

そのとき、昇降口《しょうこうぐち》の外《そと》から杏奈《あんな》がやってきた。

「まりちゃん？　忘《わす》れ物《もの》は？」

呼《よ》ばれたまりが、パッと笑顔《えがお》になって杏奈《あんな》を見《み》る。さっきまでとはまるで別人《べつじん》のようだ。

「うん、とってきた……とってきたところ！」

そして去《さ》り際《ぎわ》に、小声《こごえ》で松永《まつなが》に言《い》う。

「邪魔《じゃま》してんのはそっちだし」

杏奈《あんな》のもとへかけ寄《よ》っていくまりを見《み》つめ、松永《まつなが》は首《くび》をひねる。

邪魔《じゃま》をしているのはそっちって、どういうことだろう。

俺《おれ》らがなにを邪魔《じゃま》してるっていうんだ——。

そのころ、なにも知《し》らない夏樹《なつき》は、のほほんと教室《きょうしつ》の掃除《そうじ》をしていた。今週《こんしゅう》の掃除当番《そうじとうばん》は、夏樹《なつき》や千葉《ちば》たちの班《はん》。

ゴミ袋《ぶくろ》を持《も》って、外《そと》のゴミ捨《す》て場《ば》に行《い》くと、校舎《こうしゃ》の上《うえ》のほうから声《こえ》がする。

「なっちゃん！」

見《み》あげると、千葉《ちば》が窓《まど》から身《み》をのりだし、手《て》に紙《かみ》くずを持《も》ってふりかぶっていた。

「これ追加《ついか》！」

「え？」

「行《い》くよーっ！」

太陽《たいよう》の光《ひかり》がまぶしくて、よく見《み》えない。

梅雨《つゆ》が明《あ》ければ、もう夏《なつ》だ。

夏樹《なつき》は、真《ま》っ青《さお》な空《そら》をあおいだ。

俺《おれ》もマジな恋《こい》、したくなった

高校《こうこう》二年生《ねんせい》の夏《なつ》は、一度《いちど》きりしかめぐってこない。

その、たった一度《いちど》きりの高校《こうこう》二年生《ねんせい》の夏《なつ》に、剛《つよし》以外《いがい》の男子《だんし》三人《にん》は、そろって補習《ほしゅう》を受《う》けるはめになった。

これだけダラけてるんだから、当然《とうぜん》といえば当然《とうぜん》だ。


夏休《なつやす》み。

裏庭《うらにわ》のゴミ捨《す》て場《ば》で三人《にん》を待《ま》っていたのは、担任《たんにん》の田渕《たぶち》。

「おまえらみたいなバカがいなきゃ、夏休《なつやす》みに補習《ほしゅう》なんかしなくていいんだけどな。あぁ？」

この三十代《さんじゅうだい》後半《こうはん》の教師《きょうし》は、夏樹《なつき》たち以上《いじょう》にクセのある男《おとこ》だった。

パンチパーマに柄《がら》シャツ。いつもダルそうで口《くち》は悪《わる》いが、実《じつ》は生徒《せいと》思《おも》いで指導《しどう》は熱心《ねっしん》。

やんちゃな男子生徒《だんしせいと》の扱《あつか》いには慣《な》れている。

「……すみません」

「片倉先生《かたくらせんせい》にかわってもらおっかなー！」

それはヤバい。最高《さいこう》にヤバい。

恵一《けいいち》の兄《あに》、片倉優二《かたくらゆうじ》はこの高校《こうこう》の数学教師《すうがくきょうし》。おだやかそうに見《み》えるが、弟《おとうと》の恵一《けいいち》以上《いじょう》にドS《エス》だった。

「すみません、田渕先生《たぶちせんせい》!!」

「つうか松永《まつなが》よ。俺《おれ》の影響受《えいきょうう》けんのはいいけど、だれが制服《せいふく》そこまで着《き》くずしていいって言《い》った？　あぁ？」

三人《にん》ともあわててシャツを整《ととの》える。

「すみません」

「タブチが言《い》ったか？」

自分《じぶん》のことを「タブチ」と呼《よ》ぶのも、田渕《たぶち》の変《か》わった習性《しゅうせい》だ。

「いえ、先生《せんせい》は言《い》ってません」

「だろ。だってタブチ、言《い》ってねえもん」

「はい」

「ネクタイとりに帰《かえ》らせろってタブチは言《い》ってるけど、どうする？　あぁ？」

会話《かいわ》のはしばしに「あぁ？」を入《い》れる。それが田渕《たぶち》だ。

ただでさえ夏休《なつやす》みに登校《とうこう》するのは苦痛《くつう》だったのに、また家《いえ》に帰《かえ》ってネクタイを持《も》って戻《もど》ってくるなんて冗談《じょうだん》じゃない。

しかも今《いま》の時間《じかん》は、とけるんじゃないかというほど暑《あつ》い。

「カンベンしてください……」

三人《にん》は声《こえ》をそろえる。本当《ほんとう》に、カンベンしてほしかった。


補習《ほしゅう》では、小《しょう》テストをくりかえしやらされた。

田渕《たぶち》は教卓《きょうたく》の椅子《いす》に座《すわ》り、にらみをきかせる。

ときどきマイクを使《つか》って生徒《せいと》たちにゲキを飛《と》ばした。教卓《きょうたく》はすぐそばなのに、なぜわざわざマイクを使《つか》うのか、だれにもわからない。

「言《い》っとくけど、追試《ついし》の結果《けっか》次第《しだい》じゃ、マジで留年《りゅうねん》あるからな」

キーンとマイクが鳴《な》る。留年《りゅうねん》という言葉《ことば》に、三人《にん》はゴクリとつばをのむ。

留年《りゅうねん》はまずい。

「小《しょう》テストでできないことは、本番《ほんばん》じゃぜったいできねぇぞ。まずは、なにがわからないかをわかれ。わかったか？　あぁ？」

小《しょう》テストの問題《もんだい》は、なかなか手強《てごわ》かった。

夏樹《なつき》たちの点数《てんすう》はさんざんで、「留年《りゅうねん》」の二文字《ふたもじ》が頭《あたま》にうかんでは消《き》え——。

◇◇◇

補習《ほしゅう》が終《お》わり、いつもの商店《しょうてん》で寄《よ》り道《みち》をする。

店先《みせさき》に座《すわ》ってアイスを食《た》べる三人《にん》は、まるで廃人《はいじん》のようだった。

「……甲子園《こうしえん》じゃ、同世代《どうせだい》ががんばってるっつうのに」

恵一《けいいち》がそうこぼすと、夏樹《なつき》がしみじみうなずいた。

この炎天下《えんてんか》、高校球児《こうこうきゅうじ》は美《うつく》しい汗《あせ》を流《なが》して青春《せいしゅん》を謳歌《おうか》しているのに、夏樹《なつき》たちはこのありさま。留年《りゅうねん》の危機《きき》だ。

松永《まつなが》が遠《とお》い目《め》をして言《い》う。

「俺《おれ》、中学《ちゅうがく》で赤点《あかてん》とったとき、母《かあ》ちゃんにガンギレされてさ」

「あ〜、あれな」

恵一《けいいち》はそのときの話《はなし》を聞《き》いたことがあったが、夏樹《なつき》は知《し》らなかった。

「ガンギレ？」

松永《まつなが》が真顔《まがお》でうなずく。

「追《お》いまわされたんだ、右手《みぎて》には包丁《ほうちょう》持《も》って」

「右手《みぎて》にはって、左手《ひだりて》には？」

「……砥石《といし》」

なんだその殺人《さつじん》セットは。夏樹《なつき》は真顔《まがお》でふるえる。

恵一《けいいち》も、真顔《まがお》で言《い》った。

「な、ぜったい留年《りゅうねん》するわけにはいかねぇだろ。死人《しにん》がでる」

これは危機的状況《ききてきじょうきょう》だ。死人《しにん》をださないためにも、どうにか留年《りゅうねん》だけは避《さ》けなければならない。

そのとき夏樹《なつき》は、素晴《すば》らしいアイデアを思《おも》いついた。

「そうだ！　あの方《かた》のお力《ちから》をお借《か》りしよう！」

あの方《かた》。

四人組《よにんぐみ》の中《なか》でただ一人《ひとり》、補習《ほしゅう》にも留年《りゅうねん》にもまったく縁《えん》のない男《おとこ》。

そう、直江剛《なおえつよし》！

つぎの日《ひ》、三人《にん》はさっそく剛《つよし》の家《いえ》をおとずれた。というより、おしかけた。

剛《つよし》に、勉強会《べんきょうかい》を開《ひら》いてもらうためだ。

剛《つよし》の家《いえ》は昔《むかし》ながらの日本家屋《にほんかおく》。きれいに整《ととの》えられた芝生《しばふ》の庭《にわ》に、ミーンミーンというセミの声《こえ》と、三人《にん》の声《こえ》がひびく。

「「「**よろしくお願《ねが》いシシャシャー――ッス!!**」」」

誠意《せいい》を見《み》せるため、なんとなく高校球児《こうこうきゅうじ》ふうに頭《あたま》をさげる三人《にん》。

それを冷《つめ》たい目《め》で見《み》つめる、剛《つよし》と幸子《ゆきこ》。

二人《ふたり》ともコスプレ姿《すがた》だ。剛《つよし》はヘルメットのような仮面《かめん》に、赤《あか》ジャケットと黒《くろ》ブーツ。幸《ゆき》子《こ》はボブのカツラと魔女《まじょ》のような黒《くろ》いロングドレス。

ちょうど夏《なつ》のイベントのために、庭《にわ》で写真撮影《しゃしんさつえい》をしている最中《さいちゅう》だった。

「……いやだよ」

「「**ショコをシャンとか！　シャシャーーッス!!**」」

三人《にん》がさらに頭《あたま》をさげる。もうなにを言《い》っているのかわからない。

「リアル高校球児《こうこうきゅうじ》って、ぜったいそんな感《かん》じじゃないからな」

剛《つよし》があきれ、幸子《ゆきこ》が面白《おもしろ》そうに笑《わら》う。

「せめて坊主頭《ぼうずあたま》なら、球児感《きゅうじかん》でるけどねっ！」

「たしかに。それなら考《かんが》えてもいいな」

剛《つよし》ものっかった。が、松永《まつなが》たちとしては、そこはのっからないでほしかった。

「幸子《ゆきこ》ちゃん、冗談《じょうだん》キツいよ」と松永《まつなが》。

「あ、冗談《じょうだん》なんだぁ。二人《ふたり》の時間《じかん》に横《よこ》やり入《い》れといて？」

「とっちゃダメだよ、揚《あ》げ足《あし》は」

すると、剛《つよし》がぼそりとつぶやく。

「うち、バリカンあるしなぁ。親父《おやじ》の」

夏樹《なつき》と恵一《けいいち》が、「つよぽん！　そんな情報《じょうほう》いらない！」とあわてる。

「よくやられたなぁ、悪《わる》さをするたび。坊主《ぼうず》になるの、代表一人《だいひょうひとり》でもいいよ」

作《つく》りこんだコスプレが趣味《しゅみ》の剛《つよし》なら、作《つく》りこんだ高校球児《こうこうきゅうじ》にするためにバリカンを持《も》ちだすことくらい、平気《へいき》でやりそうだ。

三人《にん》はぐぬぬ、と息《いき》をのむ。

「恵一《けいいち》、髪切《かみき》りたいって」

と松永《まつなが》。もちろん恵一《けいいち》はそんなこと、ひとことも言《い》っていない。

「それ、なっちゃん」

「まっつんでしょ！　初《はつ》の二ミリがどうのこうのって」

二ミリといったら、地肌《じはだ》が見《み》えるくりくり坊主《ぼうず》だ。もちろん松永《まつなが》はそんなことを一度《いちど》だって言《い》った覚《おぼ》えはない。

三人《にん》はいけにえを決《き》めようと、芝生《しばふ》の上《うえ》でもみあう。

「言《い》ってねえよ。もう夏樹《なつき》いけよ」

「イヤだ。まっつんの座右《ざゆう》の銘《めい》、『ソロ活動《かつどう》』でしょ！　ソロで坊主《ぼうず》、いいじゃない！」

「そうだそうだ。はーい、決《き》まり！」

「おまえらマジふざけんなよ」

なかなかいけにえが決《き》まらないので、剛《つよし》と幸子《ゆきこ》は手《て》をふって、家《いえ》の中《なか》へ戻《もど》ろうとする。

ここで剛《つよし》たちに去《さ》られたらたいへんだ。「留年《りゅうねん》」の二文字《ふたもじ》が夏樹《なつき》たちにのしかかる。松《まつ》永《なが》にいたっては、今度《こんど》こそ母親《ははおや》に、砥石《といし》でピカピカに研《と》いだ包丁《ほうちょう》でおそわれるかも――。

「どうか待《ま》ってくださーい！」

剛《つよし》と幸子《ゆきこ》がふりむくと、三人《にん》は土下座《どげざ》をしていた。

「ほかに方法《ほうほう》ってありませんかね？」

「ありませんかね？」

「ありませんか……」

するとつぜん、幸子《ゆきこ》がハイハーイと元気《げんき》に手《て》をあげた。

「私《わたし》、いいアイデア、おりてきました！　この人《ひと》たち実際《じっさい》『え、こんなバカなの？』ってくらい大《おお》バカでしょうから、教《おし》える側《がわ》にもう一人《ひとり》いたほうが効率《こうりつ》いいと思《おも》うんです。マンツー態勢《たいせい》が組《く》めるから。とすると――」

そこまで言《い》うと、幸子《ゆきこ》は剛《つよし》にこそこそとなにか耳打《みみう》ちした。

「なるほど」

剛《つよし》はうなずいて、意味《いみ》ありげなほほえみを夏樹《なつき》に向《む》けた。

数分後《すうふんご》、三人《にん》は夏樹《なつき》のスマホをうばうために、芝生《しばふ》の上《うえ》でもみあっていた。

見事《みごと》に恵一《けいいち》がうばって、ＬＩＮＥ《ラ イ ン》画面《がめん》を開《ひら》く。

「ダメダメダメダメ！　じゃあ、千葉《ちば》ちゃんは！　千葉《ちば》ちゃんも頭《あたま》いいしさ……」

暴《あば》れる夏樹《なつき》を松永《まつなが》がおさえこみ、恵一《けいいち》は杏奈《あんな》を勉強会《べんきょうかい》へ誘《さそ》うメッセージを打《う》つ。

幸子《ゆきこ》が言《い》っていた「もう一人《ひとり》」とは、杏奈《あんな》のことだったのだ。

ポチッ。

「送《おく》りましたっ！」

お誘《さそ》いのメッセージは、杏奈《あんな》のもとへ飛《と》んでいった。

◇◇◇

剛《つよし》の部屋《へや》は、庭《にわ》に面《めん》したひろい和室《わしつ》。

いたるところに、漫画《まんが》やアニメのＤＶＤ《ディーヴイディー》、フィギュアなどが置《お》いてあり、受験用《じゅけんよう》の参考書《さんこうしょ》は、本棚《ほんだな》のすみにひっそり並《なら》んでいた。

そして剛《つよし》は、ツケヒゲとサングラス、オールバック——テレビで観《み》たことのある予備校《よびこう》講師《こうし》のコスプレであらわれた。

マンツーマンの組《く》み合《あ》わせは、松永《まつなが》と剛《つよし》、恵一《けいいち》と幸子《ゆきこ》、夏樹《なつき》と杏奈《あんな》。

メッセージを見《み》た杏奈《あんな》は、あのあとちゃんときてくれたのだ。

幸子《ゆきこ》のアイデアは大成功《だいせいこう》。勉強《べんきょう》ははかどった。

が、ふだん勉強《べんきょう》なんてしなれていない人間《にんげん》が三人《にん》いる。一時間《じかん》が経《た》ち、二時間《じかん》が経《た》ち。

まず、松永《まつなが》が音《ね》をあげた。

「あー、x《エックス》が逃《に》げだしたー。つーかこの、なんでもかんでも答《こた》えは答《こた》えはって聞《き》いてくる感《かん》じが、ムリ」

「問題文《もんだいぶん》って、そういうもんだから」

幸子《ゆきこ》があきれる。

「答《こた》えがわかんないから、人生《じんせい》あがくんだろ」

「はい、人生《じんせい》の話《はなし》をしない」

すると、剛《つよし》が割《わ》りこんできた。

「けど松永《まつなが》よ。わからんことをわからんままほっといたら、明日《あした》も明後日《あさって》もわからんまんま。それじゃ、おまんま食《た》べれまへん、ってちがうか！　ハッハッハ！」

キャラがいつもとちがう。コスプレしている予備校講師《よびこうこうし》になりきっている。

「はい、先生《せんせい》」

と、松永《まつなが》が手《て》をあげた。

「はい、なんでしょう？」

「剛先生《つよしせんせい》のキャラ設定以上《せっていいじょう》に、勉強《べんきょう》と関係《かんけい》ないことを考《かんが》えていると思《おも》います。夏樹《なつき》くんが」

杏奈《あんな》に見《み》とれていた夏樹《なつき》がギクッとし、杏奈《あんな》はよくわからないまままきょとんとする。

「いや、そんなことないって……」

とまどう夏樹《なつき》に、幸子《ゆきこ》が追《お》い打《う》ちをかける。

「じゃあぜったい、『初《はじ》めて見《み》た杏奈《あんな》ちゃんの私服《しふく》、かわいいなぁ』とか、『いいにおーい』とか、『くく、くちびるぅー』とか、ミクロも思《おも》ってない？」

思《おも》っていないわけがない。むしろ、マックスで思《おも》っていたくらいだ。

夏樹《なつき》はフニャッとだらしなく笑《わら》い、顔《かお》を赤《あか》くした。

すかさず恵一《けいいち》がツッコむ。

「はい、『思《おも》ってます』いただきましたー」

「だからそれは――もう、勉強勉強《べんきょうべんきょう》！　ちゃんと集中《しゅうちゅう》して！」

テーブルの上《うえ》には、六人分《にんぶん》の教科書《きょうかしょ》とノート。それから麦茶《むぎちゃ》。

勉強会《べんきょうかい》は夕方《ゆうがた》になるまで続《つづ》いた。

◇◇◇

勉強会《べんきょうかい》に呼《よ》ばれなかったまりは、本屋《ほんや》で受験用《じゅけんよう》の参考書《さんこうしょ》をさがしていた。

店内《てんない》は冷房《れいぼう》がきいていて涼《すず》しい。外《そと》とは大《おお》ちがいだ。

大学《だいがく》の過去問題集《かこもんだいしゅう》をとろうとしたそのとき、スマホに着信《ちゃくしん》があった。

画面《がめん》には『まーくん』と表示《ひょうじ》されている。

まりはきょろきょろとあたりを見《み》まわし、通話《つうわ》ボタンをタップした。聞《き》き慣《な》れた『まーくん』の声《こえ》がまりの耳《みみ》にひびく。

「俺《おれ》。由香《ゆか》が晩《ばん》めしいっしょにどうかって。おまえ最近《さいきん》、うちにきてねえだろ」

「あー、そうだっけ？」

「そうだよ。唐揚《からあ》げだってよ」

「……うれしいけど、今《いま》、友《とも》だちといて。夜《よる》もいっしょに食《た》べると思《おも》うから、きびーね」

まりがうそをつく。

「ふうん。きびーね、そのうそも」

「……は？」

「まり、おまえ今《いま》、本当《ほんとう》は一人《ひとり》だろ？」

うそはバレていた。まりのことならなんでも、『まーくん』にはお見通《みとお》しだ。

「あのさ、ここ本屋《ほんや》の、人気《ひとけ》のない片隅《かたすみ》」

「あ、そうなの？」

一人《ひとり》になりがちなまりのことを気遣《きづか》って、『まーくん』が夕飯《ゆうはん》に誘《さそ》ってくれた。そんなことはわかっていた。けれど、行《い》きたくなかった。

「ってことは、落《お》ちついたのね。由香《ゆか》さんのつわり」

「前《まえ》よりだいぶ」

「よかった。だから禁煙《きんえん》の約束《やくそく》やぶってんだ」

さっきから煙《けむり》をはきだすフーッという音《おと》が、ところどころで聞《き》こえてきていた。

図星《ずぼし》だったらしく、『まーくん』がうろたえる。

「バレバレ。妹《いもうと》なめんなよ」

そうつぶやき、まりは通話《つうわ》を切《き》る。

『まーくん』は筒井昌臣《つついまさおみ》、まりの実《じつ》の兄《あに》だった。

両親《りょうしん》が共働《ともばたら》きなため留守《るす》がちだった家《いえ》で、なにかとまりの面倒《めんどう》を見《み》ていたのが、七つ年《とし》上《うえ》の昌臣《まさおみ》だ。

昌臣《まさおみ》は高校《こうこう》をでるとすぐに働《はたら》きはじめ、まりが中学《ちゅうがく》三年生《ねんせい》のときに由香《ゆか》と結婚《けっこん》して、実《じっ》家《か》をでていった。

――まーくんをとられた。

まりは、一番頼《いちばんたよ》りにしていた兄《あに》に去《さ》られて、すっかり心《こころ》を閉《と》ざしてしまった。

友《とも》だちも作《つく》らずに一人《ひとり》で過《す》ごすことが多《おお》くなったのは、このころからだ。

まりはスマホをにぎり、参考書《さんこうしょ》売《う》り場《ば》に立《た》ちつくす。

受験生《じゅけんせい》カップルが過去問集《かこもんしゅう》を手《て》にとってイチャイチャしているのを見《み》て、気分《きぶん》が悪《わる》くなり、咳《せき》ばらいをして立《た》ち去《さ》った。

だれかと話《はな》したい。

そう思《おも》うが、まりのアドレス帳《ちょう》には両親《りょうしん》と昌臣《まさおみ》、それから杏奈《あんな》しか登録《とうろく》されていない。

杏奈《あんな》に電話《でんわ》をかけたけれど、コールしてもコールしても、杏奈《あんな》は電話《でんわ》にでなかった。

◇◇◇

勉強会《べんきょうかい》が終《お》わると、剛《つよし》と幸子《ゆきこ》は、勉強会《べんきょうかい》のあとかたづけをした。

夕焼《ゆうや》けの庭《にわ》から、カナカナカナとひぐらしの声《こえ》が聞《き》こえてくる。

本棚《ほんだな》を整理《せいり》していた幸子《ゆきこ》は、奥《おく》のほうに早稲田大学《わせだだいがく》の入試問題集《にゅうしもんだいしゅう》があるのを見《み》つけて、手《て》にとる。けれど、そっとそれをもとに戻《もど》す。

剛《つよし》が東京《とうきょう》にある大学《だいがく》を志望《しぼう》しているなんて、幸子《ゆきこ》はちっとも知《し》らなかった。

そのとき、べつの部屋《へや》で着替《きが》えていた剛《つよし》が、「あー、疲《つか》れた」と伸《の》びをしながら入《はい》ってきた。幸子《ゆきこ》はふりかえって笑《わら》う。

「私《わたし》、知《し》ってるんだー」

「なにを？」

「恵一《けいいち》くんに、妬《や》いてたこと」

勉強会《べんきょうかい》で、幸子《ゆきこ》は恵一《けいいち》の先生役《せんせいやく》だった。問題《もんだい》が解《と》けてハイタッチをしたときなど、剛《つよし》はさりげなく二人《ふたり》を気《き》にしていた。

「ないない。そんなの。なんで俺《おれ》が恵《けい》ちゃんに」

「それ、あるやつだもん。かわいいにゃー、つよぽんぬは。私《わたし》にメロメロかぁ？」

みんなとちがい、幸子《ゆきこ》だけは剛《つよし》のことを「つよぽんぬ」と呼《よ》んでいた。特《とく》に意味《いみ》はない。

幸子《ゆきこ》はそういう子《こ》だ。

「……まあ、好《す》きに受《う》けとってください」

剛《つよし》があしらう。

「素直《すなお》じゃない」

「口《くち》ベタなんで」

「そういうとこも、好《す》きだよ」

いつも明《あか》るくて、感《かん》じたこと、思《おも》ったことをためらわず言葉《ことば》にする幸子《ゆきこ》。

無口《むくち》なうえに無表情《むひょうじょう》で、一見《いっけん》、なにを考《かんが》えているのかわからない剛《つよし》。

正反対《せいはんたい》の二人《ふたり》だけれど、おたがいにいっしょにいるとほっと心《こころ》が落《お》ちついた。

「ねえ。まじめな話《はなし》、大学決《だいがくき》めた？」

「……まだ。ゆきりん、決《き》めた？」

幸子《ゆきこ》は、実家《じっか》から通《かよ》えて服飾科《ふくしょくか》もある大学《だいがく》に目標《もくひょう》をしぼっていた。第《だい》一志望《しぼう》は、日美林《にちびりん》大学《だいがく》。

「日美林《にちびりん》かな。地元《じもと》好《す》きだし」

剛《つよし》はだまっていた。

「行《い》きたいんでしょ？　東京《とうきょう》。知《し》ってるよ、ちゃんと」

幸子《ゆきこ》は、コスプレで使《つか》うヘルメット型《がた》の仮面《かめん》を持《も》ちあげて、それをすっぽりかぶり、庭《にわ》のほうを向《む》いた。

「こうしていっしょに過《す》ごせるのも、あと少《すこ》しかね」

「ずっと過《す》ごせるよ」

「テキトーなこと言《い》わないでよ」

「言《い》ってないけどね」

「そんな顔《かお》しない」

と、幸子《ゆきこ》は、剛《つよし》の顔《かお》を見《み》もしないで言《い》った。

「……どんな顔《かお》よ」

「わかるよ、それくらい。それだけ見《み》てきたつもりだから」

「……大学《だいがく》は、まだ決《き》めてない」

「じゃあ、決《き》めるとき、天秤《てんびん》なんてかけないでよ。好《す》きな道《みち》に進《すす》んでほしいから。たとえはなればなれになっても」

「……そんな顔《かお》、するな」

剛《つよし》が近《ちか》づくと、幸子《ゆきこ》は逃《に》げる。追《お》いついた剛《つよし》がヘルメットをとると、幸子《ゆきこ》は背中《せなか》を向《む》けた。

泣《な》いているのを見《み》られたくなかった。

剛《つよし》が幸子《ゆきこ》のふるえる肩《かた》をそっと抱《だ》きしめる。

できればずっと剛《つよし》といっしょにいたかった。はなればなれになるのはいやだった。

でも、剛《つよし》の足《あし》かせになるのは、もっといやだった。


そのころ、松永《まつなが》と恵一《けいいち》は、だらだらバス停《てい》へ向《む》かっていた。

外《そと》はまだ蒸《む》し暑《あつ》い。湿《しめ》った空気《くうき》が、歩道橋《ほどうきょう》を歩《ある》く二人《ふたり》にまとわりつく。

ふだん使《つか》わない頭《あたま》を必死《ひっし》に使《つか》った松永《まつなが》は、ずーんと重《おも》くなった後頭部《こうとうぶ》をさすった。

「あー、このへん。超痛《ちょういて》ぇ」

「はぁ……」

恵一《けいいち》は、大《おお》きなため息《いき》をついて立《た》ちどまった。

「ん？　どした？　バスのり遅《おく》れるぞ？」

「俺《おれ》はさ、プラスこのへんも超痛《ちょういて》ぇわけさ」

恵一《けいいち》がとつぜん、心臓《しんぞう》のあたりを両手《りょうて》でおさえる。

「なんだそれ」

「つよぽんと幸子《ゆきこ》ちゃん、なっちゃんと小早川《こばやかわ》さん……まぶしすぎたー。俺《おれ》もマジな恋《こい》、したくなったー」

なにを言《い》いだすかと思《おも》えば。

「恵一《けいいち》。けっこう今《いま》、恥《は》ずかしいこと言《い》ったよ？」

「わかってるよ。けど大事《だいじ》でしょ？　マジだれかいねぇ？　ふらふらの天才《てんさい》、松永《まつなが》さんのルートふらふらたどってさ」

「おまえも、どっこいどっこいだからな」

恵一《けいいち》は「はいはい」と松永《まつなが》のポケットに手《て》をつっこんで、勝手《かって》にスマホをとりだし、勝手《かっ》手《て》に操作《そうさ》して、アドレス帳《ちょう》を見《み》た。

スクロールすると、女《おんな》の子《こ》の名前《なまえ》がでてくるわ、でてくるわ。何人分登録《なんにんぶんとうろく》されているのか……とても数《かぞ》えきれない。予想以上《よそういじょう》の人数《にんずう》だった。

「マジかよ。ア行《ぎょう》からこんな？　これ、ワ行《ぎょう》までこんな？」

「ナ行以外《ぎょういがい》は」

「あー、ナ行《ぎょう》の苗字《みょうじ》ってほかにくらべて少《すく》ないもんね。ってそういうことじゃねーわ。想《そう》像超《ぞうこ》えてた。こえぇ……」

「友《とも》だち百人《ひゃくにん》できちゃった系《けい》」

「終《お》わってる系《けい》のまちがいだろ？」

恵一《けいいち》がまた、はぁーっとため息《いき》をつく。

「男女間《だんじょかん》の友情《ゆうじょう》がどうとか、くだらないこと言《い》うなよ」

「男女間《だんじょかん》にはＳ《エス》とＭ《エム》しかないっての。ま、やっぱいいや」

と、恵一《けいいち》がスマホを松永《まつなが》に返《かえ》した。

「なんで？」

「いや、たしかに俺《おれ》も、どっこいどっこいだから」

「どころか、Ｓ《エス》だのＭ《エム》だのマジで言《い》ってる高校生《こうこうせい》、ほかに知《し》らねえよ」

「とするとだよ？　俺《おれ》のスマホでも、まっつんのスマホからでも、たぶんたどりつかないんだよ。マジには」

恵一《けいいち》の言《い》うとおりだ。

いっしょに自撮《じど》りをしたり、気軽《きがる》にカラオケに誘《さそ》ったりできる女《おんな》の子《こ》はいる。

でも、本気《ほんき》で恋《こい》ができるような女《おんな》の子《こ》は、二人《ふたり》のスマホの中《なか》にはいない。

恵一《けいいち》が、松永《まつなが》が手《て》に持《も》ったスマホを目《め》で示《しめ》す。

「だって、実際《じっさい》その中《なか》に、筒井《つつい》まりはいないわけじゃん？」

松永《まつなが》はドキリとした。

「……はぁ？」

「あっ、ちがった？」

「むしろ嫌《きれ》ぇだわ」

どうだろう。

本当《ほんとう》に嫌《きら》いなんだろうか。自分《じぶん》でもわからなかった。

恵一《けいいち》がケラケラと笑《わら》いだす。

「俺《おれ》も眼力《がんりき》にぶったか」

「眼科《がんか》行《い》け」

「両目《りょうめ》とも二・〇だわ」

松永《まつなが》の胸《むね》に、もやもやしたものが残《のこ》る。

筒井《つつい》まりのことは嫌《きら》いだ……たぶん。

杏奈《あんな》と夏樹《なつき》は、いっしょに駅《えき》のホームで電車《でんしゃ》を待《ま》っていた。

ローカル線《せん》の小《ちい》さな駅《えき》は、ほかに人《ひと》の気配《けはい》もなく、たまに涼《すず》しい風《かぜ》がとおり抜《ぬ》けていく。

夏樹《なつき》は幸《しあわ》せで胸《むね》がいっぱいだった。それに、意外《いがい》と緊張《きんちょう》しないでちゃんとしゃべれている自分《じぶん》におどろいていた。

杏奈《あんな》がつぶやく。

「誘《さそ》えばよかったかな、まりちゃんも。男《おとこ》の子《こ》がいるから遠慮《えんりょ》しちゃったけど」

一人《ひとり》で勉強会《べんきょうかい》にきてしまったことを、気《き》にしていた。

「仲《なか》いいよね、筒井《つつい》さんと」

「人見知《ひとみし》りで、愛想《あいそ》もない私《わたし》にできた、初《はじ》めての友《とも》だち。それがまりちゃん」

「……そうなんだ」

「うん」

夏樹《なつき》は、杏奈《あんな》とまりがいっしょに楽《たの》しめるイベントがないかと、頭《あたま》をフル回転《かいてん》させる。

あった。神社《じんじゃ》の夏祭《なつまつ》りだ。

「こんど縁日《えんにち》あるでしょ？　いっしょにどうかな、筒井《つつい》さんも誘《さそ》って。もちろん、追試《ついし》にとおるのが大前提《だいぜんてい》だけど」

杏奈《あんな》は口《くち》をつぐむ。なにかまずいことを言《い》ってしまったのだろうか。

夏樹《なつき》があわてて前言撤回《ぜんげんてっかい》する。

「今《いま》のなし！　ごめん忘《わす》れて！」

「ちがうの、行《い》きたいよ。けど、まりちゃんは、男《おとこ》の子《こ》が苦手《にがて》なの。だからむずかしいと思《おも》う」

「……そっか」

そのとき、ホームに電車《でんしゃ》がすべりこんでくる。

杏奈《あんな》が夏樹《なつき》を見《み》つめ、ふわっとほほえむ。

「今日《きょう》はありがとう」

「いや、こっちこそ」

「すごく、楽《たの》しかった」

杏奈《あんな》が電車《でんしゃ》にのり、ドアが閉《し》まる。

電車《でんしゃ》が見《み》えなくなっても、まだ夏樹《なつき》の胸《むね》はドキドキしていた。

ステップを踏《ふ》んでくるくるまわる。思《おも》わずそんなことをしてしまうほど、さっき見《み》せてくれた杏奈《あんな》の笑顔《えがお》はうれしかった。

数日後《すうじつご》、学校《がっこう》の視聴覚室《しちょうかくしつ》で追試《ついし》の結果発表《けっかはっぴょう》があった。

ギリギリだけれど、三人《にん》とも合格《ごうかく》。

夏樹《なつき》たちの高二《こうに》の夏《なつ》は、こうして少《すこ》しずつ終《お》わりに近《ちか》づいていく——。

こんなの、今《いま》しかできない

神社《じんじゃ》の夏祭《なつまつ》りは、夜《よる》になり屋台《やたい》に明《あ》かりがつくころになると、ますますにぎわっていった。

幸子《ゆきこ》をつれてでかけたいつもの四人組《よにんぐみ》は、偶然《ぐうぜん》、杏奈《あんな》とまりにでくわした。

夏樹《なつき》はデレデレ。なにせ、ただでさえかわいい杏奈《あんな》が、浴衣《ゆかた》を着《き》て、さらにかわいさが増《ま》しているのだ。

まりは一人《ひとり》で不機嫌《ふきげん》だった。

せっかく杏奈《あんな》と二人《ふたり》で楽《たの》しもうと思《おも》っていたのに、邪魔《じゃま》なやつらが入《はい》ってきた。そう思《おも》いながらみんながやっていた射的《しゃてき》を、しぶしぶやってみる。ねらいを定《さだ》めて弾《たま》を撃《う》つと、

「うそ！　あたった！」

見事《みごと》、ぬいぐるみに命中《めいちゅう》。

「うえーい！」

みんなが盛《も》りあがり、幸子《ゆきこ》がまりにハイタッチをする。

「うえーい！」

つられてまりもハイタッチを返《かえ》してしまい、はっと我《われ》に返《かえ》って手《て》をひっこめる。

夏樹《なつき》と杏奈《あんな》は、そんなみんなの様子《ようす》を、一歩《いっぽ》うしろで眺《なが》めていた。

「小早川《こばやかわ》さんに会《あ》えるなんて、びっくりした」

「うん。よかった。まりちゃんも楽《たの》しそうだし」

たしかにとても楽《たの》しそう。今日《きょう》は、いつものつっけんどんな態度《たいど》じゃない。

幸子《ゆきこ》がまりに、ぐいぐいと寄《よ》っていく。

「すごいじゃん、まりっぺ」

まりはほめられてばつが悪《わる》そうにする。

「……なんだその急《きゅう》についた『ぺ』は」

すると、となりにいた松永《まつなが》が話《はなし》にくわわる。

「まりっぺ、ツッコむぅー」

「だまれ。よく知《し》らねーヤツ」

……やっぱりまりは、相変《あいか》わらず毒舌《どくぜつ》をふるっている。

それでも杏奈《あんな》は、みんなの輪《わ》にまざっているまりを見《み》ているのがうれしかった。

夏樹《なつき》は、うれしそうにしている杏奈《あんな》を見《み》ていると幸《しあわ》せになった。


剛《つよし》と幸子《ゆきこ》のラブラブカップルぶりも、相変《あいか》わらずだ。

いっしょに金魚《きんぎょ》すくいをしたり、屋台《やたい》でお面《めん》を選《えら》んだり。

夏樹《なつき》が二人分《ふたりぶん》の飲《の》み物《もの》を買《か》って杏奈《あんな》のもとへ戻《もど》ると、杏奈《あんな》は幸子《ゆきこ》たちのことをぼんやり眺《なが》めていた。

「どうしたの？」

「ううん」

杏奈《あんな》ははにかんだようにほほえみ、首《くび》を小《ちい》さく横《よこ》にふる。

そんな二人《ふたり》を、まりは見逃《みのが》さなかった。杏奈《あんな》となれなれしくおしゃべりしている夏樹《なつき》が気《き》に入《い》らない。あわててかけ寄《よ》ろうとする。

とそのとき、まりの腕《うで》をだれかがつかんだ。松永《まつなが》だ。

まりはギッとにらんで、その手《て》をふりはらおうとする。

「……はなせ」

「なんで？　友《とも》だちの邪魔《じゃま》、そんなにしたい？」

松永《まつなが》には、まりが親友《しんゆう》の恋《こい》を邪魔《じゃま》しているようにしか見《み》えなかった。

たぶんまりは、夏樹《なつき》そのものを嫌《きら》っているわけじゃない。相手《あいて》がだれだろうと、杏奈《あんな》に近《ちか》づく人間《にんげん》をみんな目《め》の敵《かたき》にしているように思《おも》えたのだ。

「……ちがう」

まりが苦《くる》しそうにうつむく。

「友《とも》だちじゃ、たらない」

友《とも》だちじゃたりない？　どういう意味《いみ》なのだろう。

「あんたにはわかんない」

顔《かお》をあげたまりの目《め》から、涙《なみだ》がひとすじこぼれ落《お》ちる。

そして松永《まつなが》の手《て》を思《おも》いきりふりはらい、かけ去《さ》った。

まりのうしろ姿《すがた》を見《み》つめていた松永《まつなが》は、今《いま》はっきりと自分《じぶん》の気持《きも》ちに気《き》づいてしまった。

恵一《けいいち》は飲食《いんしょく》スペースに一人《ひとり》座《すわ》り、ため息《いき》をつく。

「俺《おれ》だけ一人《ひとり》かぁ……」

剛《つよし》と幸子《ゆきこ》はいつもどおりのラブラブ状態《じょうたい》だし、夏樹《なつき》と杏奈《あんな》もいいムード。そのうえ、松永《まつなが》とまりまで、なにやらただならぬ雰囲気《ふんいき》だ。

屋台《やたい》で買《か》ってきた二人分《ふたりぶん》のイカ焼《や》きをテーブルに置《お》いて、スマホを眺《なが》める。

「なにかあった？」

声《こえ》をかけられて見《み》あげると、お面《めん》をかぶった剛《つよし》がいた。

「元《もと》カノが、結婚《けっこん》したってだけ」

剛《つよし》はお面《めん》をはずして、パイプ椅子《いす》に座《すわ》る。

「どの元《もと》カノ？」

「美容師《びようし》の」

「あー。わりと続《つづ》いてた？」

「そうそう」

恵一《けいいち》がつきあう相手《あいて》は、いつも年上《としうえ》。美容師《びようし》の元《もと》カノも、年上《としうえ》だった。

相性《あいしょう》がよかったのか、恵一《けいいち》にしてはつきあいが長《なが》く続《つづ》いた。

その彼女《かのじょ》から、結婚《けっこん》するというＬＩＮＥ《ラ イ ン》が、さっき入《はい》ったばかりだった。

「結婚《けっこん》かあ。リアリティが遠《とお》い。でそれが、予想以上《よそういじょう》にショックだった、ことがショックだった」

剛《つよし》の解説《かいせつ》はおそろしいほど的確《てきかく》だった。さすがつよぽん、と恵一《けいいち》は思《おも》う。

「別《わか》れてけっこう経《た》つし、未練《みれん》もなかったはずだし。なのになんだ、このもやもやは、っていうね」

軽《かる》くつきあって、軽《かる》く別《わか》れる。今《いま》まで何人《なんにん》かの女性《じょせい》とつきあってきたけれど、どの関係《かんけい》もそんな感《かん》じだった。

そんなの、本当《ほんとう》に恋《こい》と呼《よ》んでいいのか？

「俺《おれ》の恋《こい》は、いつはじまるんだろうなぁ」

恵一《けいいち》がつぶやくと、剛《つよし》がツッコむ。

「Ｓ《エス》だのＭ《エム》だの言《い》わなくなったら、じゃない？」

ハハッと恵一《けいいち》は笑《わら》い、イカ焼《や》きをひとつ、剛《つよし》にすすめる。

「これ食《た》べていいよ。まっつんのだけど」

悔《くや》しいけれど、剛《つよし》の言《い》うとおりかもしれない、と恵一《けいいち》は思《おも》った。

夏樹《なつき》と杏奈《あんな》は、気《き》づけばみんなからはぐれてしまっていた。

杏奈《あんな》が下駄《げた》の鼻緒《はなお》で足《あし》を痛《いた》めてしまい、絆創膏《ばんそうこう》を貼《は》っているうちに、どうやら置《お》いていかれたらしい。

境内《けいだい》の石段《いしだん》に座《すわ》り、夏樹《なつき》がスマホを確認《かくにん》する。

「みんな、どこ行《い》っちゃったんだろ」

「返信《へんしん》もないし……」

杏奈《あんな》は答《こた》え、ふと空《そら》を見《み》あげた。

夜空《よぞら》には一面《いちめん》に星《ほし》がひろがり、天《あま》の川《がわ》が白《しろ》くぼんやりとうかんでいる。

「……きれい」

夏樹《なつき》も見《み》あげる。

「……うん」

そのとき、星空《ほしぞら》に見《み》とれていた二人《ふたり》の手《て》が、ふいに触《ふ》れてしまった。

「……あ、ごめん」

夏樹《なつき》があわてて手《て》をひいた。

「こっちこそ、ごめんなさい」

気《き》まずいような、うれしいような。

夏樹《なつき》の心臓《しんぞう》はトクントクンと鳴《な》り、外《そと》にひびいて聞《き》こえそうだった。

「小早川《こばやかわ》さんは、いるの？　つきあってる人《ひと》」

「……まさか。私《わたし》、つきあうとか恋愛《れんあい》とか、そういうの縁《えん》がなかったから。考《かんが》えたこともないし」

「そうなんだ」

「でも、ゆきりんと直江《なおえ》くんを見《み》てたら……少《すこ》しだけ……」

「興味《きょうみ》わいた？」

「まだわからないけど」

そのうちわかるかも、ということなのだろうか。

願《ねが》わくは、その相手《あいて》が自分《じぶん》であるように……と夏樹《なつき》は星空《ほしぞら》に祈《いの》った。

すると、はっと我《われ》に返《かえ》った杏奈《あんな》が、恥《は》ずかしそうな顔《かお》をする。

「ごめんね。つまらないよね、こんな話《はなし》」

「そんなことない。恋《こい》するタイミングなんて、人《ひと》それぞれだと思《おも》うし」

「……かな？」

「……たぶん」

このままこの時間《じかん》がずっと続《つづ》けばいいと、夏樹《なつき》は思《おも》う。

しかし残念《ざんねん》ながら、ずっとは続《つづ》かない。

やがて夏休《なつやす》みは終《お》わり、進路指導《しんろしどう》と受験勉強《じゅけんべんきょう》がスタートするのだ。

◇◇◇

二学期《がっき》になり、本格的《ほんかくてき》に進路指導《しんろしどう》がはじまった。

教室《きょうしつ》に生徒《せいと》が一人《ひとり》ずつ呼《よ》ばれ、担任《たんにん》の田渕《たぶち》と面談《めんだん》する。

「おまえはいつになったらがんばるんだ？　これからとか、ふざけたこと言《い》うなよ。ああ？」

夏樹《なつき》がしゅんとする。

「……すみません」

夏樹《なつき》の面談《めんだん》はさんざん。

恵一《けいいち》も同《おな》じようなものだった。

「もう夏《なつ》も終《お》わった。あっという間《ま》に冬《ふゆ》だ。で、高《こう》三だ。なってからじゃ遅《おそ》いと思《おも》わねえか？　おまえの兄貴《あにき》はよくできたのになぁ。今《いま》では立派《りっぱ》な先生《せんせい》になってよぉ。ああ？」

それを言《い》われると、恵一《けいいち》はうなだれるしかない。

「……そのとおりです」

松永《まつなが》が一番《いちばん》ひどかった。

「あわてて勉強《べんきょう》して入《はい》れる大学《だいがく》なんて、行《い》く価値自体《かちじたい》あやしいトコしかねえんだよ。そんなのは、タブチなんつった？」

「学費《がくひ》のムダです」

「そうだ。親《おや》、泣《な》くぞ？」

「はい」

「タブチだって泣《な》くぞ？」

「はい！」

「ただまあ、おまえの場合《ばあい》？　行《い》けるトコ自体《じたい》ねえけどな」

そうきたか、と松永《まつなが》は思《おも》う。

やばい。これはマジで死人《しにん》がでる。


面談《めんだん》の終《お》わった夏樹《なつき》、恵一《けいいち》、松永《まつなが》は、廊下《ろうか》で廃人《はいじん》のように立《た》ちつくす。燃《も》えカスのようだ。いつものようにムダ話《ばなし》をする気力《きりょく》もない。

そんな三人《にん》を気《き》の毒《どく》そうに見《み》やりながら、剛《つよし》は教室《きょうしつ》に入《はい》っていった。

窓《まど》の外《そと》は、パラパラと雨《あめ》が降《ふ》りだしていた。

椅子《いす》に座《すわ》ると、待《ま》っていた田渕《たぶち》が、剛《つよし》が白紙《はくし》のままだした進路希望調査書《しんろきぼうちょうさしょ》を机《つくえ》にのせる。

「言《い》っとくけど、バカどもに合《あ》わせてるつもりなら——」

「ないです、それは」

そういうつもりで、白紙《はくし》のままだしたわけではなかった。

「じゃ、なにを迷《まよ》ってんだ」

「……地元《じもと》もあるなあと」

みんなからはなれ、幸子《ゆきこ》からはなれ、一人東京《ひとりとうきょう》に行《い》くことを、剛《つよし》はまだためらっていた。

というより、だれかに後押《あとお》ししてほしかったのだ。

前《まえ》へ進《すす》めと。

「おまえにはタブチだって言《い》うぞ？　早稲田《わせだ》の法学部《ほうがくぶ》。決《き》まりでいいだろ？」

田渕《たぶち》のひとことは、後押《あとお》しにはなったが、決定打《けっていだ》にはならなかった。

「若《わか》いからとか、あんまり言《い》いたくねえけどな」

「先生《せんせい》……。じゃあ言《い》わないでください」

「ま、悩《なや》め」

田渕《たぶち》が今言《いまい》えることは、それくらいだった。

◇◇◇

放課後《ほうかご》にはすっかり雨《あめ》はあがり、青空《あおぞら》がひろがっていた。

剛《つよし》が校内《こうない》の屋外《おくがい》プールサイドに座《すわ》っていると、幸子《ゆきこ》から『進路指導《しんろしどう》、終《お》わった？　こっち、今店入《いまみせはい》った』とＬＩＮＥ《ラ イ ン》がくる。

帰《かえ》りにカフェで待《ま》ち合《あ》わせをしていたが、行《い》く気《き》になれなかった。こんなことは初《はじ》めてだ。返信《へんしん》をせずにスマホをジャケットのポケットにしまう。

プールでは、松永《まつなが》たちがジャケットだけ脱《ぬ》ぎ、シャツとズボンを着《き》たまま、水《みず》の中《なか》で暴《あば》れていた。

季節《きせつ》はずれのプールに笑《わら》い声《ごえ》がひびき、バシャバシャと水《みず》しぶきがあがっている。

剛《つよし》もジャケットを脱《ぬ》いでコンクリートの上《うえ》に置《お》き、プールに向《む》かって走《はし》る。

「**ウアー――――ッ!!**」

バッシャン！

飛《と》びこんだ瞬間《しゅんかん》、盛大《せいだい》に水《みず》がはねあがり、三人《にん》が目《め》を丸《まる》くする。

「ちょいちょいちょい。キャラちがいすぎだろ、つよぽん」

「勝手《かって》にキャラ、決《き》めないでください」

三人《にん》は、剛《つよし》がなにか思《おも》い悩《なや》んでいるんだな、と感《かん》づいた。

「……天秤《てんびん》にかけるなって、そりゃ無理《むり》だよ」

どっちも同《おな》じくらい大事《だいじ》だから、どっちをとるべきかと考《かんが》えてしまう。天秤《てんびん》にかけるに決《き》まっている。

四人《よにん》はひとしきり暴《あば》れたあと、コースロープに体《からだ》をのせ、あおむけにぷかぷかういた。

水《みず》の中《なか》にいると、体《からだ》が軽《かる》い。

今《いま》だけは、進路《しんろ》だの受験《じゅけん》だの、面倒《めんどう》なことを忘《わす》れていたかった。

秋《あき》の空《そら》がどこまでも続《つづ》いている。

高《たか》く、ひろく、どこまでも。

ふいに、夏樹《なつき》がつぶやく。

「……後悔《こうかい》してない人《ひと》、いる？」

「それはなに？　今《いま》の話《はなし》？　今《いま》までの人生全部的《じんせいぜんぶてき》な話《はなし》？」と松永《まつなが》。

「とりあえず今《いま》、この秋《あき》の話《はなし》」

「勢《いきお》いって怖《こ》えーっ、て思《おも》ってるよ」

勢《いきお》いでプールに飛《と》びこんだ。後悔《こうかい》はしていない。

「どこのバカだ、言《い》いだしたのは？」

そう言《い》って、恵一《けいいち》がケラケラ笑《わら》う。

「そこのおまえだ。いの一番《いちばん》に飛《と》びこんだだろ」

「まあそうだけどさあ、けどさあ――」

「こんなの、今《いま》しかできないって」と剛《つよし》。

「そう。十七《じゅうなな》の特権《とっけん》」

「現実逃避《げんじつとうひ》が？」

剛《つよし》がとぼけると、ほかの三人《にん》は「つよぽん、それ笑《わら》えねえ」「やめろ」だとか口々《くちぐち》に文《もん》句《く》を言《い》った。剛《つよし》はさらに追《お》いうちをかける。

「実際《じっさい》、ぶっちーになんて言《い》われたの？　進路指導《しんろしどう》」

三人《にん》は、とたんにしょんぼりした。

「ぶっちゃけ俺《おれ》、行《い》ける大学《だいがく》ねえってブチ切《ぎ》れられてさぁ」

「まっつん、ぐずんない、ぐずんない。俺《おれ》もいっしょだよー」

夏樹《なつき》がふあーっと大《おお》きなため息《いき》をつく。

「春《はる》からやりなおしたいよー」

「とりあえず俺《おれ》、球技大会《きゅうぎたいかい》に燃《も》えるわ」

松永《まつなが》が泳《およ》ぎだす。いい意味《いみ》で、切《き》り替《か》えが早《はや》い男《おとこ》だ。

「のった。ストレス発散《はっさん》だ！」

恵一《けいいち》も水《みず》しぶきをあげて泳《およ》ぎだし、続《つづ》いて夏樹《なつき》と剛《つよし》もプールサイドへ向《む》かう。

四人《よにん》がはしゃぐ様子《ようす》を、杏奈《あんな》とまりは、屋上《おくじょう》から見《み》おろしていた。

杏奈《あんな》がふふっとほほえむ。

まりはあきれる。

「……バカばっか。男《おとこ》って」

空《そら》を見《み》あげると、大《おお》きな虹《にじ》がかかっていた。

きれいで幻想的《げんそうてき》で、ずっと見《み》ていたいのに。

虹《にじ》はいつだってすぐに消《き》えてしまうのだ。

◇◇◇

当日《とうじつ》は、気持《きも》ちのいい秋晴《あきば》れ。

宣言《せんげん》どおり、夏樹《なつき》たちは、球技大会《きゅうぎたいかい》を大《おお》いに楽《たの》しんでいた。

種目《しゅもく》はソフトボール。バッターボックスに立《た》った夏樹《なつき》は、外野手《がいやしゅ》の頭上《ずじょう》を越《こ》える特大《とくだい》ヒットを放《はな》った。

「いよっしゃーっ！」

そう叫《さけ》んで一塁《るい》へ走《はし》りだすと、松永《まつなが》と恵一《けいいち》が「ゴーゴーゴーゴー!!」とあおった。

少《すこ》しはなれた水飲《みずの》み場《ば》では、まりが「転《ころ》べ！　転《ころ》べ！」と夏樹《なつき》に呪《のろ》いをかけていた。

となりにいる杏奈《あんな》が、クスッと笑《わら》う。

「――って、え？　あいつと？　恋《こい》バナしたの？」

杏奈《あんな》は、夏祭《なつまつ》りの夜《よる》に夏樹《なつき》と恋《こい》について話《はな》したことを、まりに伝《つた》えたばかりだった。案《あん》の定《じょう》、まりは不機嫌《ふきげん》になった。

「……うん。した」

「なんで？」

「わかりたいって思《おも》ったのかも。恋《こい》について」

杏奈《あんな》が水道《すいどう》のハンドルをひねり、蛇口《じゃぐち》から直接水《ちょくせつみず》を飲《の》む。

「……わかんなくていいよ、そんなの」

杏奈《あんな》が顔《かお》をあげて、グラウンドを見《み》やる。

夏樹《なつき》が、三塁《るい》ベースを蹴《け》ってホームへダッシュしているところだった。

あともう少《すこ》しでホームベースに届《とど》くというところですっ転《ころ》び、キャッチャーにタッチされる。

アウト。試合終了《しあいしゅうりょう》。夏樹《なつき》たちのチームの負《ま》け。

「どんくさ」

まりはつぶやき、水飲《みずの》み場《ば》を去《さ》る。

杏奈《あんな》は、少《すこ》しためらってから、まりを追《お》わずに、夏樹《なつき》のほうへ歩《ある》きだした。

けれど、杏奈《あんな》より早《はや》く、千葉《ちば》がタタッとかけ寄《よ》り、夏樹《なつき》の頭《あたま》をタオルでくしゃくしゃに拭《ふ》く。

「惜《お》しかった！　ナイスラン！」

「千葉《ちば》ちゃんっ、もう少《すこ》しやさしく！」

楽《たの》しそうな夏樹《なつき》を見《み》て、気落《きお》ちした杏奈《あんな》は、踵《きびす》を返《かえ》して体育館《たいいくかん》へ行《い》く。

おとなしい杏奈《あんな》は、千葉《ちば》のように、気《き》さくにおしゃべりをすることができなかった。

夏樹《なつき》と、あんなふうにふざけあったりも——。

ぼんやり考《かんが》えながら、クラスのバスケの試合《しあい》を眺《なが》めていた杏奈《あんな》に、だれかが声《こえ》をかける。

「二年《ねん》の、小早川《こばやかわ》さんだよね？」

知《し》らない男子《だんし》。しかも軽《かる》い雰囲気《ふんいき》。どうやら三年生《ねんせい》のようだ。

「……はい。そうですけど」

「少《すこ》し、ほんのすこーし、話《はな》さない？　ぷんぷん一分《いっぷん》」

杏奈《あんな》は怖《こわ》くなり、いそいそと体育館《たいいくかん》から逃《に》げだした。


まりは水飲《みずの》み場《ば》をはなれたあと、杏奈《あんな》とはぐれてしまい、血相《けっそう》を変《か》えていた。

「……ったく、どこ行《い》ったのよ」

スマホもつながらない。今《いま》までいつだっていっしょだったのに――。

イライラしながら校舎《こうしゃ》の裏《うら》を歩《ある》いていると、少《すこ》しはなれた場所《ばしょ》から松永《まつなが》の声《こえ》が聞《き》こえた。

「いっしょにさがしますって」

ふりむいて怒鳴《どな》る。

「自分《じぶん》でもさがしてろ！」

松永《まつなが》は気《き》にする様子《ようす》もなく、「距離《きょり》つめますよー。今《いま》つめてますよー」なんてのん気《き》なことを言《い》いながら、まりのあとを追《お》ってくる。

まりがもう一度《いちど》ふりむくと、松永《まつなが》はすぐうしろにいた。

「ついてくんなっ！」

松永《まつなが》はニッと笑《わら》った。

「小早川《こばやかわ》さん見《み》つけたら、連絡《れんらく》するから」

「……じゃあ、そうして」

「OK《オーケー》！　そうするそうする、そうします！」

と、ジャージのポケットからスマホをとりだす。

「は？　なにしてんの？」

「連絡《れんらく》は連絡先知《れんらくさきし》らなきゃ連絡《れんらく》できないでしょう」

言《い》われてみれば、そのとおりだ。悔《くや》しいけれど。

まりはしぶしぶ、松永《まつなが》に連絡先《れんらくさき》を教《おし》えた。


杏奈《あんな》が先輩男子《せんぱいだんし》から逃《に》げだしたちょうどそのころ、体育館《たいいくかん》の裏《うら》では、恵一《けいいち》が後輩《こうはい》の女子《じょし》生徒《せいと》に告白《こくはく》されているところだった。

「好《す》きなんです、片倉先輩《かたくらせんぱい》。……友《とも》だちからでも、ダメですか？」

「実《じつ》は彼女《かのじょ》いるんだ」

うそだ。

でも、こんなピュアそうな年下《としした》の女《おんな》の子《こ》が、自分《じぶん》とつきあったとしても、おたがいに幸《しあわ》せになれるはずがない。だから早《はや》めに断《ことわ》ったほうがいい。

するとそのとき、体育館《たいいくかん》から杏奈《あんな》が小走《こば》りでできた。

そのうしろに、しつこく話《はな》しかける先輩男子《せんぱいだんし》がくっついている。

思《おも》わず恵一《けいいち》は、杏奈《あんな》に声《こえ》をかけた。

「どした？」

助《たす》けを求《もと》めるような杏奈《あんな》の表情《ひょうじょう》で、事情《じじょう》を察《さっ》した恵一《けいいち》は、自分《じぶん》と杏奈《あんな》を交互《こうご》に指《ゆび》さす。

「あ、彼氏《かれし》で、彼女《かのじょ》なんです。ね？」

「うん」

杏奈《あんな》も、とっさに調子《ちょうし》を合《あ》わせてそう答《こた》えた。

先輩《せんぱい》が、ギクッとひるむ。迫力《はくりょく》で言《い》えば、恵一《けいいち》のほうが圧倒的《あっとうてき》に上《うわ》まわっていた。

「……あー、そう。へぇ、そう」

「すみません」

恵一《けいいち》がヘラっと笑《わら》って謝《あやま》ると、先輩男子《せんぱいだんし》はさっきまでのしつこさとは態度《たいど》が一変《いっぺん》し、とつぜんしおらしくなった。意外《いがい》とヘタレだ。

「え、え、え、なんで謝《あやま》るわけ？　謝《あやま》る必要《ひつよう》ナッシングでしょう」

「いや、だって」

「いやいやべつにアレだから。そういうアレじゃないし、ぜんぜん、ぜんぜん。アレのついでにアレしただけだから、マジ。仲《なか》よくやれよ！」

なんだかカッコつけてその場《ば》をあとにしたが、まったくサマになっていなかった。

ついでに恵一《けいいち》は、ひらめいた。

この流《なが》れでもっていけばいいんだ。告白《こくはく》してきた一年女子《ねんじょし》にも。

「まあ、というわけなんだ」

一年女子《ねんじょし》にそう言《い》うと、彼女《かのじょ》が悔《くや》しそうな顔《かお》をして去《さ》っていく。

恵一《けいいち》と杏奈《あんな》は、ようやくほっと胸《むね》をなでおろした。

「ありがとう。助《たす》かりました」

杏奈《あんな》がぺこりと頭《あたま》をさげる。

「おたがいさま」

「……さっきの女《おんな》の子《こ》、告白《こくはく》だったんじゃ……」

「そうそう」

「よかったの？」

「……そういうアレじゃないから」

さっきの先輩男子《せんぱいだんし》の真似《まね》をする。

「アレって？」

杏奈《あんな》がクスッと笑《わら》う。

「たしかに、くる者拒《ものこば》まずのってみる、って手《て》もあるにはあると思《おも》うけど。それが恋《こい》に発《はっ》展《てん》する気《き》がしないというかさ。そもそも恋《こい》ってなんだっていうね。って恋恋《こいこい》うるせえな、俺《おれ》は。いくつだよ」

自分《じぶん》にツッコむと、杏奈《あんな》が真顔《まがお》で答《こた》えた。

「十七《じゅうなな》でしょ？」

杏奈《あんな》は、こういうときにまじめに答《こた》える天然《てんねん》な子《こ》だ。恵一《けいいち》は吹《ふ》きだしそうになった。ついでに、もっとからかってみたくなった。

「これ、変《へん》なうわさになっちゃうかもよ。俺《おれ》と小早川《こばやかわ》さんがどうのって。学校《がっこう》って、電波《でんぱ》の飛《と》ばない無線《むせん》LAN《ラン》でしょ」

杏奈《あんな》が、たしかにそのとおり、という顔《かお》をする。

「困《こま》る？」

「ちょっと」

「どして？」

なにか答《こた》えようとしているようだけれど、言葉《ことば》はでてこない。

「そっか。小早川《こばやかわ》さんは恋《こい》してるんだ。だれかに」

杏奈《あんな》がはにかんで否定《ひてい》する。

「……そうじゃないけど」

「目《め》、つむってみて」

「え？　ちょっと待《ま》って」

「なんにもしないから。三、二、一、はい」

カウントダウンにつられ、思《おも》わず杏《あん》奈《な》はまぶたを閉《と》じる。こういうところも天《てん》然《ねん》だ。

「そのまま聞《き》いて」

「うん」

「……声《こえ》がします。場《ば》所《しょ》は草《そう》原《げん》でも、海《うみ》でも、星《ほし》空《ぞら》の下《した》でも。とにかくうしろから、小《こ》早《ばや》川《かわ》さんを呼《よ》ぶ声《こえ》がします」

恵《けい》一《いち》に言《い》われたとおりに、想《そう》像《ぞう》しているようだ。

「今《いま》、まぶたの裏《うら》に、だれがうかびましたか？」

「……だれも」

「うそついてない？」

杏《あん》奈《な》がぱっちりと目《め》を開《あ》けた。

「ついてない」

「じゃあ、いつかうかんだら、それが答《こた》え。その人《ひと》が好《す》きってことだよ」

私《わたし》はだれかの一番《いちばん》になりたいだけ

十二月《じゅうにがつ》の朝《あさ》。

夏樹《なつき》と杏奈《あんな》は高台《たかだい》の道《みち》で顔《かお》を合《あ》わせると、手《て》をふって挨拶《あいさつ》するようになった。まだまだ遠慮《えんりょ》がちだったけれど。

二人《ふたり》とも、コートを着《き》て手袋《てぶくろ》をはめていた。はく息《いき》が白《しろ》い。

夏樹《なつき》は、ひとつ深呼吸《しんこきゅう》してから、思《おも》いきって誘《さそ》う。

「クリスマスイブに、つよぽんちでパーティーするんだ。ゆきりんもくるから、小早川《こばやかわ》さんもどうかな？　もちろん筒井《つつい》さんもいっしょに」

杏奈《あんな》がほほえむ。

「それ聞《き》いた。ゆうべ片倉《かたくら》くんからＬＩＮＥ《ライン》きて」

恵一《けいいち》がＬＩＮＥ《ライン》を知《し》ってる？　そんな話《はなし》、聞《き》いてないんだけど…と一瞬《いっしゅん》うろたえた夏樹《なつき》は、動揺《どうよう》を気《き》づかれないように平静《へいせい》をよそおう。

「へぇ……そうなんだ」

夏樹《なつき》の動揺《どうよう》に、杏奈《あんな》はぜんぜん気《き》づいていないらしい。楽《たの》しそうに笑《わら》う。

「でね、羽柴《はしば》くんにちょっと相談《そうだん》があるんだけど――」

相談《そうだん》ってなんだろう。

そう思《おも》いつつも、夏樹《なつき》の頭《あたま》からは、さっきのＬＩＮＥ《ライン》の話《はなし》がはなれなかった。

◇◇◇

昼休《ひるやす》み、四人組《よにんぐみ》は屋上《おくじょう》でだらだら過《す》ごしていた。

中庭《なかにわ》のベンチには、文庫本《ぶんこぼん》を読《よ》む杏奈《あんな》の姿《すがた》。ふいに本《ほん》にしおりをはさんで閉《と》じると、ポケットからハンドクリームをだして、手《て》の甲《こう》にぬる。

そこへ、まりがやってきた。まりが手《て》の甲《こう》を差《さ》しだすと、杏奈《あんな》は手《て》にハンドクリームをだしてあげる。何気《なにげ》ないけれど、仲《なか》のよさがにじみでていた。

そんな二人《ふたり》を見《み》おろして、松永《まつなが》と恵一《けいいち》がつぶやく。

「なごむねー」

剛《つよし》は二人《ふたり》にあきれ気味《ぎみ》。夏樹《なつき》は、ＬＩＮＥ《ラ イ ン》の件《けん》でむすっとだまりこんでいる。

「べつにさ、流《なが》れで交換《こうかん》しただけだって」

夏樹《なつき》はだんまりを決《き》めこんだままだ。恵一《けいいち》はムッとしてつっかかる。

「なんで無視《むし》すんの？」

「してないけど」

「しただろ、あきらかに」

「だからしてないって」

「したっつってんだよ、バカみたいに」

「……は？」

「なんだよ」

「なにが流《なが》れだよ」

すると、松永《まつなが》が「まーまーまーまー」と二人《ふたり》のあいだに割《わ》って入《はい》る。

恵一《けいいち》は納得《なっとく》がいかなかった。ＬＩＮＥ《ラ イ ン》交換《こうかん》のなにが悪《わる》いんだ。

「けど、俺《おれ》のおかげだろ。相談《そうだん》とかそれこそ、そういう流《なが》れになったのはさあ」

それはそのとおりだ。夏樹《なつき》と杏奈《あんな》はつきあっているわけじゃないし、杏奈《あんな》がだれと連絡《れんらく》先《さき》を交換《こうかん》しようと、文句《もんく》は言《い》えないはずだ。でも——。

夏樹《なつき》の胸《むね》の中《なか》のもやもやは、なかなか消《き》えてくれなかった。

今日《きょう》の放課後《ほうかご》は、例《れい》の『相談《そうだん》』の話《はなし》をしなくちゃいけないのに。

◇◇◇

その日《ひ》の放課後《ほうかご》、夏樹《なつき》と杏奈《あんな》は、待《ま》ち合《あ》わせをして雑貨店《ざっかてん》へでかけた。

杏奈《あんな》はまりに、このことを伝《つた》えていなかった。それどころか、まりの誘《さそ》いを断《ことわ》って、ここへきた。

けれど、店《みせ》の外《そと》から中《なか》をのぞいている女子高生《じょしこうせい》は、まりだった。

こっそり杏奈《あんな》のあとをつけてきたのだ。

クリスマスのディスプレイに彩《いろど》られた店内《てんない》で、杏奈《あんな》と夏樹《なつき》はアクセサリーを手《て》にとって眺《なが》めている。はたから見《み》ると、仲《なか》よくデートしているカップルみたいで、まりは気《き》が気《き》ではなかった。

淡水《たんすい》パールのブレスレット。まさか、夏樹《なつき》から杏奈《あんな》へのプレゼント？

イラついたまりが店内《てんない》へ入《はい》っていこうとしたそのとき、

「尾行《びこう》なんて、まりっぺ悪趣味《あくしゅみ》ぃー」

いつの間《ま》にか松永《まつなが》がいて、行《ゆ》く手《て》を阻《はば》まれた。松永《まつなが》も、まりのことをつけてきたのだ。

「……どの口《くち》が言《い》ってんの？　あと『ぺ』をとれ」

じっとにらむまりを、松永《まつなが》は強引《ごういん》にひっぱっていく。

そして途中《とちゅう》にあったコンビニであんまんを買《か》い、河川敷《かせんしき》へと向《む》かった。

コンクリートの階段《かいだん》を見《み》つけると、松永《まつなが》は、あれこれうまいことを言《い》ってまりを座《すわ》らせ、自分《じぶん》も座《すわ》る。

西《にし》の空《そら》が夕日《ゆうひ》で染《そ》まり、川面《かわも》はキラキラと輝《かがや》いていた。

「ほら」

と松永《まつなが》が差《さ》しだしたあつあつのあんまんを、まりは不機嫌《ふきげん》そうに受《う》けとり、かぷっと一《ひと》口《くち》食《た》べる。

「うまい？」

「うまい」

夏樹《なつき》へのイライラは消《き》えないけれど、あんまんに罪《つみ》はない。美味《おい》しいは美味《おい》しい。湯気《ゆげ》が立《た》つあたたかくて甘《あま》いあんまんに、まりはもう一口《ひとくち》かぶりついた。

口《くち》のはしに、あんがくっつく。まるで子《こ》どもみたいで、松永《まつなが》はクスッと笑《わら》う。

「チャンス。ついてる」

指《ゆび》を伸《の》ばしてあんをとろうとすると、まりがいやそうな顔《かお》をして指《ゆび》をよける。そしてポケットからおもちゃのコンパクトをだし、パカッと開《ひら》いて自分《じぶん》で口元《くちもと》をぬぐった。

松永《まつなが》は、ピンク色《いろ》のコンパクトを見《み》てまたほほえむ。

それは、昔《むかし》テレビでやっていた魔法少女《まほうしょうじょ》アニメのおもちゃだった。ずいぶん使《つか》いこんだらしく、すっかり古《ふる》びている。

「……それ、たしかレアもんじゃね？」

「知《し》ってんの？」

「妹《いもうと》が好《す》きでさ。よく変身《へんしん》ごっこにつきあった」

「……へぇ」

まりは、うっかりふつうに返事《へんじ》をしてしまったことに気《き》づいて、ばつが悪《わる》くなった。

しばらく間《ま》があって、松永《まつなが》が言《い》う。

「夏樹《なつき》、告《こく》るかもよ。イブに」

まりは、はっと顔《かお》をあげた。

「パーティーこいよ。こんどはとめない」

もうまりの邪魔《じゃま》はしない、と言《い》いたいようだ。

だからクリスマスパーティーにこい、と。

◇◇◇

クリスマスイブの夕方《ゆうがた》。

まりが杏奈《あんな》に電話《でんわ》すると、もう剛《つよし》の家《いえ》にいるという。

「え、もういるの？」

「ごめん、早《はや》く着《つ》いちゃって」

まただ。また杏奈《あんな》が私《わたし》を置《お》いて、先《さき》に行《い》ってしまった。

今《いま》までいつでもいっしょだったのに。あいつらにとられてしまった——。

「まりちゃんもおいでよ。みんな待《ま》ってる」

のんびりした杏奈《あんな》の声《こえ》を聞《き》きながら、まりはさびしさをぐっとおさえて返事《へんじ》をする。

「……うん」

電話《でんわ》を切《き》り、剛《つよし》の家《いえ》へ向《む》かう。

許《ゆる》せない。私《わたし》の杏奈《あんな》をうばっていくみんなが、許《ゆる》せない——。

剛《つよし》の家《いえ》に着《つ》いた。まりは、剛《つよし》の母《はは》に案内《あんない》され、みんなが集《あつ》まっている部屋《へや》へ行《い》く。

「おじゃまします……」

緊張《きんちょう》しながら扉《とびら》を開《あ》ける。部屋《へや》は薄暗《うすぐら》い。

すると、とつぜん、部屋《へや》のあちこちから歌声《うたごえ》がわきあがった。バースデーソングだ。

「「「「ハッピバースデー、ディーア、まーりー」」」」

「りー」をしばらく伸《の》ばしたあと、みんなは手拍子《てびょうし》と「ろうそく消《け》しちゃって」コールをはじめる。

テーブルの上《うえ》にはケーキ。『17』をかたどったろうそくと、『おめでとう　まりっぺ』とチョコ文字《もじ》で書《か》いたプレートがのっている。

そう。杏奈《あんな》たちは、まりの誕生日祝《たんじょうびいわ》いのサプライズを企画《きかく》していたのだった。

「…………」

まりは言葉《ことば》もなく立《た》ちつくした。

「ちょっと早《はや》いけど、お祝《いわ》い！」

幸子《ゆきこ》がはしゃぐ。

「大晦日《おおみそか》なんだって？　誕生日《たんじょうび》」

松永《まつなが》がそう言《い》うと、まりはぼそっとつぶやく。

「……だから？」

一瞬《いっしゅん》、気《き》まずい空気《くうき》が流《なが》れ、コールがとぎれる。

杏奈《あんな》が一歩《いっぽ》、まりに近《ちか》づいて笑《わら》いかける。

「ほら、大晦日《おおみそか》は家族《かぞく》と過《す》ごすじゃない？　だからいつもお祝《いわ》いできないって話《はな》したら、羽柴《はしば》くんが提案《ていあん》してくれて」

まりが目《め》を向《む》けると、夏樹《なつき》は照《て》れくさそうに笑《わら》った。

「そんな大《だい》それたもんじゃないけど、単純《たんじゅん》になにかできないかなって」

よりによって、こいつが……。悲《かな》しいのか悔《くや》しいのか、自分《じぶん》の感情《かんじょう》がまったくわからなくなっていく。まりはなにも答《こた》えず、ただだまって、みんなの中《なか》に立《た》っていた。

いやな雰囲気《ふんいき》を変《か》えようと、幸子《ゆきこ》がまりの頭《あたま》に猫耳《ねこみみ》のカチューシャをつけた。

「これ、私《わたし》から！　おっそろーい！」

まりはされるがまま。リアクションがない。

「私《わたし》からも。おめでとう、まりちゃん」

杏奈《あんな》がかわいらしくラッピングされた小箱《こばこ》を手《て》わたす。

「開《あ》けてみて」

まりは無言《むごん》でその箱《はこ》を開《あ》けた。

中《なか》に入《はい》っていたのは、淡水《たんすい》パールのブレスレット。

何日《なんにち》か前《まえ》に、杏奈《あんな》と夏樹《なつき》が雑貨屋《ざっかや》で手《て》にとっていたものだ。

杏奈《あんな》は、まりの手首《てくび》にブレスレットをつける。そして、「私《わたし》もおそろい」と自分《じぶん》の手首《てくび》につけているブレスレットを見《み》せた。

「すっごい似合《にあ》う」

そう言《い》って夏樹《なつき》がほほえむと、みんながまたコールをはじめて盛《も》りあげた。

まりは一人《ひとり》、泣《な》きそうな表情《ひょうじょう》で、その場《ば》に立《た》ちつくした。

どうしてこんなことするの？　私《わたし》、だれとも友《とも》だちになんてなりたくないのに！

気《き》づくとまりは、部屋《へや》を飛《と》びだしていた。

◇◇◇

まりはどうしてでていってしまったのだろう――。

夏樹《なつき》たちは、だれ一人《ひとり》として理由《りゆう》がわからなかった。ひとまずみんなで手分《てわ》けをして、外《そと》をさがすことにする。

それほど遠《とお》くには行《い》っていないはずだ。でも、季《き》節《せつ》は真《ま》冬《ふゆ》。この寒《さむ》空《ぞら》の下《した》でふらふら歩《ある》いていたら、風《か》邪《ぜ》をひいてしまうかもしれない。見《み》つけたらすぐに連《れん》絡《らく》しあうことになっているのに、まだだれからも連《れん》絡《らく》がない。

松《まつ》永《なが》は、高《こう》架《か》下《した》へ続《つづ》く陸《りっ》橋《きょう》の階《かい》段《だん》をおりようとした。

するとそのとき、反《はん》対《たい》側《がわ》の階《かい》段《だん》に、ぽつんと座《すわ》っている人《ひと》影《かげ》が見《み》えた。

まりだ。

「おい！　おまえこんなとこでなにやってんだよ……」

松《まつ》永《なが》の声《こえ》を聞《き》いて、まりは一《いっ》瞬《しゅん》びくっとしたあと、はじかれたように立《た》ちあがる。

「くるな」

「さらわれたらどうすんだ！」

「くるなっ！」

「……いったい、なにがどうしたって言《い》うんだよ」

「あんたに関《かん》係《けい》ない！」

「なくねえよ！　おまえになくても、俺《おれ》にはあるんだよ！」

まりは、目《め》をはなせば今《いま》にも逃《に》げだしそうだった。

まるで野生動物《やせいどうぶつ》の捕獲《ほかく》でもしているみたいだ。慎重《しんちょう》に様子《ようす》を見《み》て、叫《さけ》ぶ。

「そっち行《い》くからな！　動《うご》くなよマジで！」

思《おも》いがけず大声《おおごえ》をかけられ、まりは射《い》すくめられたようにその場《ば》から動《うご》けなくなった。

やがて松永《まつなが》が、まりのいる階段《かいだん》へ移動《いどう》してくる。

「なあ、頼《たの》むから、少《すこ》しは教《おし》えてくれよ……」

けれど、まりはうつむいたままで、なかなか話《はな》しださない。

松永《まつなが》は辛抱強《しんぼうづよ》く待《ま》った。

やがて、ぽつり、ぽつりと話《はな》しはじめた。

「……杏奈《あんな》が、変《か》わった。……変《か》わっちゃった。羽柴夏樹《はしばなつき》とか、よく知《し》らねーヤツと出《で》会《あ》ったせいで」

杏奈《あんな》のことならなんでも知《し》っていたかった。

それなのに、夏樹《なつき》があらわれたせいで、知《し》らないことが増《ふ》えていく。

「だから邪魔《じゃま》してやろうと思《おも》った。けど、いつも邪魔《じゃま》されて……。私《わたし》には杏奈《あんな》しかいないのに」

あんなに大事《だいじ》にしてくれていた兄《あに》は、由香《ゆか》さんにとられてしまった。杏奈《あんな》もだれかにとられてしまうと思《おも》うと、つらくてたまらない。自分《じぶん》には、杏奈《あんな》しかいない。杏奈《あんな》を一人《ひとり》じめしたい。

「……『友《とも》だちじゃたらない』って、そういうことか？」

松永《まつなが》が言葉《ことば》を選《えら》びながら、やさしく声《こえ》をかける。

顔《かお》をあげたまりは、ぽろぽろと涙《なみだ》を流《なが》していた。

「……ぐちゃぐちゃで、わかんない。ただ、私《わたし》はだれかの一番《いちばん》になりたいだけ」

まりが、悲《かな》しげに顔《かお》をゆがめ、松永《まつなが》を見《み》つめる。

助《たす》けたい、と松永《まつなが》は思《おも》った。手《て》を差《さ》しのべたい。力《ちから》になりたい。

今《いま》までさんざん女《おんな》の子《こ》と遊《あそ》んできたが、一度《いちど》もこんなことを感《かん》じたことはなかった。

思《おも》わず、まりを抱《だ》きしめ、強引《ごういん》にキスをする。

考《かんが》えるよりも先《さき》に、体《からだ》が勝手《かって》に動《うご》いてしまったのだ。

まりは松永《まつなが》をつき飛《と》ばし、

「……死《し》ね」

そう言《い》いのこして走《はし》り去《さ》った。

松永《まつなが》はため息《いき》をつく。なんてこと、してしまったんだ……。

そして、重《おも》い気《き》持《も》ちのまま、「まりが見《み》つかった」というＬＩＮＥ《ライン》をみんなに飛《と》ばした。


夏樹《なつき》と杏奈《あんな》は、クリスマスイルミネーションの輝《かがや》く広場《ひろば》で、まりをさがしていた。

夏樹《なつき》は、さっきから体調《たいちょう》があまりよくなかった。熱《ねつ》でもあるのか、顔《かお》ばかりほてるし、寒気《さむけ》がひどい。イルミネーションもにじんで見《み》える。

足元《あしもと》がふらついて立《た》ちどまったちょうどそのとき、松永《まつなが》のＬＩＮＥ《ライン》を受《う》けとった。

それを見《み》たとたん、ほっと安心《あんしん》して、ベンチにへたりこんでしまった。

様子《ようす》がおかしいことに気《き》づいた杏奈《あんな》がかけ寄《よ》ってくる。

「羽柴《はしば》くん？」

「……ああ、小早川《こばやかわ》さん……筒井《つつい》さんが、見《み》つかったって」

「よかった……」

杏奈《あんな》の表情《ひょうじょう》がふっとゆるんだ——ように見《み》えた。

目《め》の前《まえ》がぼんやりして、夏樹《なつき》には杏奈《あんな》のことがよく見《み》えなかったのだ。ボートにでものっているように、視界《しかい》がゆらゆら揺《ゆ》れる。

そのまま、夏樹《なつき》の体《からだ》はガクンと前《まえ》のめりになった。

「羽柴《はしば》くん！　大丈夫《だいじょうぶ》？」

「……ん？　うん、大丈夫《だいじょうぶ》、大丈夫《だいじょうぶ》」

杏奈《あんな》が夏樹《なつき》の体《からだ》を起《お》こし、額《ひたい》に手《て》をあてる。

「熱《ねつ》、あるじゃん」

「いや……平気《へいき》だって……」

「平気《へいき》じゃないよ、これ。帰《かえ》ろ。送《おく》るから」

杏奈《あんな》が体《からだ》を支《ささ》え、立《た》ちあがらせようとした瞬間《しゅんかん》、バランスをくずした夏樹《なつき》が、杏奈《あんな》に倒《たお》れかかった。

二人《ふたり》の唇《くちびる》が重《かさ》なり、ぎゅっとおしつけられる。

それは本当《ほんとう》に、事故《じこ》のようなキスだった。

杏奈《あんな》がおどろいて息《いき》をのむ。

もうろうとしていた夏樹《なつき》は、自分《じぶん》が杏奈《あんな》の唇《くちびる》をうばったことさえ気《き》づいていなかった。

◇◇◇

年《とし》が明《あ》け、新学期《しんがっき》。

あの日《ひ》から杏奈《あんな》は、心《こころ》の中《なか》がもやもやしてしかたがない。

夏樹《なつき》にそんな気《き》はなかったのかもしれないけれど、たしかにキスをした。

あのときのことを思《おも》いだすと、無意識《むいしき》に唇《くちびる》を指《ゆび》で触《ふ》れてしまう。すると、もう心臓《しんぞう》がドキドキして、授業《じゅぎょう》にも身《み》が入《はい》らなくて――。

一方《いっぽう》、自分《じぶん》がキスをしたという記憶《きおく》がない夏樹《なつき》は、ただただ気《き》まずかった。大好《だいす》きな杏《あん》奈《な》の前《まえ》で意識《いしき》を失《うしな》うなんてサイテーだ、合《あ》わせる顔《かお》もない。そう思《おも》っていた。

昼休《ひるやす》みの学食《がくしょく》。

杏奈《あんな》は、トレーを持《も》ってカウンターに並《なら》んでいる夏樹《なつき》を見《み》つけ、声《こえ》をかける。

「もう大丈夫《だいじょうぶ》なの？」

夏樹《なつき》がギクッとしてふりかえる。

「……うん」

「それなら教《おし》えてくれても」

「ごめん。迷惑《めいわく》もかけちゃって」

「迷惑《めいわく》とか、そんなのないけど……」

きっとあきれられているんだろうな、と夏樹《なつき》は思《おも》った。

気《き》まずい。恥《は》ずかしくて、この場《ば》から消《き》えてしまいたいくらいだ。

「……じゃあ俺《おれ》、つぎ体育《たいいく》で、早《はや》く食《た》べないとだから」

そう言《い》って、そそくさとその場《ば》を立《た》ち去《さ》った。まるで逃《に》げるように。

杏奈《あんな》は胸《むね》がつぶれそうになった。

どうして逃《に》げるの？

放課後《ほうかご》、掃除班《そうじはん》の夏樹《なつき》が外《そと》のゴミ捨《す》て場《ば》に行《い》くと、先《さき》にゴミを捨《す》てにきていた杏奈《あんな》に鉢《はち》合《あ》わせた。

両手《りょうて》にゴミ箱《ばこ》を持《も》った夏樹《なつき》は、ビクッとして立《た》ちどまる。

杏奈《あんな》はとまどっていた。夏樹《なつき》がよそよそしくする理由《りゆう》がわからなくて。

「もしかして、避《さ》けてる？」

「そんなつもりは……」

「あのことだよね。……あのとき……あの……えっと……」

あのこと、とは、クリスマスイブの日《ひ》に倒《たお》れたことだろう、と夏樹《なつき》は思《おも》った。杏奈《あんな》は顔《かお》を赤《あか》くしてうつむき、話《はな》しづらそうにもじもじしている。

これは一度《いちど》、きちんと謝《あやま》らなくちゃいけない。

「ごめんなさい！」

夏樹《なつき》がゴミ箱《ばこ》を地面《じめん》へ置《お》いて頭《あたま》をさげると、杏奈《あんな》の顔色《かおいろ》がさっと青《あお》ざめる。

あの出来事《できごと》が、謝《あやま》るようなことだったなんて、杏奈《あんな》は思《おも》ってもいなかったから。

「なんで謝《あやま》るの？」

「なにか、しちゃったのかなって」

「……なにかって?」

「あのとき、俺《おれ》、熱《ねつ》でぼおっとなってて……」

「……覚《おぼ》えてないの?」

もしかして、キスしたと思《おも》ってこだわっていたのは、私《わたし》だけ?

そう思《おも》うと、杏奈《あんな》のショックはますますふくらんだ。

「やっぱりなにかした?」

羽柴《はしば》はひたすらとまどっていた。なにをしたんだろう。変《へん》なことを言《い》ったとか、キモい顔《かお》をしてたとか……まさか、目《め》の前《まえ》ではいたとか?

頭《あたま》の中《なか》でぐるぐると考《かんが》えていると、杏奈《あんな》がぽつりと言《い》った。

「べつに。なにもなかったよ」

「ほんと?」

杏奈《あんな》は、「うん」とほほえみ、素早《すばや》く背中《せなか》を向《む》けて歩《ある》きだす。

ぐっと奥歯《おくば》をかみ、涙《なみだ》がこぼれそうになるのを、一生懸命《いっしょうけんめい》に我慢《がまん》しながら。

信《しん》じろよ、少《すこ》しは人《ひと》のこと

夏樹《なつき》はただ覚《おぼ》えていないだけ。それはわかっている。でも、胸《むね》が苦《くる》しくてたまらない。

「イチゴもらっていい？」

杏奈《あんな》はそう言《い》って、まりのお皿《さら》に残《のこ》っていたラスイチのイチゴをじっと見《み》つめる。

「どうぞどうぞ」

学校帰《がっこうがえ》りに二人《ふたり》でカフェにきたけれど、杏奈《あんな》の食《た》べっぷりはすごかった。巨大《きょだい》なパンケーキを見《み》る見《み》るうちに完食《かんしょく》。口《くち》のまわりをクリームだらけにして。

まりは「マジか……」と若干《じゃっかん》ひきつつも、爆食《ばくぐ》いする杏奈《あんな》を見守《みまも》っていた。

杏奈《あんな》はまだ食《た》べたりないようだ。

「おかわりする？」

とほほえむ。

するととつぜん、セーラー服姿《ふくすがた》の女《おんな》の子《こ》が二人《ふたり》のテーブルにやってきて、勝手《かって》に座《すわ》る。

「しようしよう！」

幸子《ゆきこ》だった。まりはびっくりしてフォークを落《お》としそうになった。

「なんでいるの？」

「待《ま》ち合《あ》わせー」

どうやら剛《つよし》とこのカフェで待《ま》ち合《あ》わせをしているらしい。

食《た》べたりない杏奈《あんな》は店員《てんいん》を呼《よ》び、二《ふた》つ目《め》の巨大《きょだい》パンケーキを注文《ちゅうもん》。運《はこ》ばれてくると、それもくもくと食《た》べはじめる。

半分《はんぶん》ほど頬《ほお》ばったところで、杏奈《あんな》が唐突《とうとつ》に質問《しつもん》する。

「ねえ、ゆきりんたちって、もうどのくらい？」

「たち、っていうのは、つよぽんぬと？」

「うん」

まりはギョッとした。なぜ杏奈《あんな》はこんなことを聞《き》くんだろう。

「こんどの夏《なつ》で、二年《ねん》」

「……そっか」

「まあ、続《つづ》けばね。え、なんでそんなこと聞《き》くの？」

「キスとかする？」

思《おも》わず、まりがブハッとジュースを噴《ふ》きだす。

幸子《ゆきこ》が「漫画《まんが》みたーい」と笑《わら》いながら、まりに紙《かみ》ナプキンを手《て》わたした。

「そりゃーするよー。つきあってるんだもん」

まりは口元《くちもと》を紙《かみ》ナプキンで拭《ふ》き、杏奈《あんな》を心配《しんぱい》そうに見《み》つめる。

「あ……杏奈《あんな》、どうしたの？」

杏奈《あんな》は答《こた》えない。かわりに幸子《ゆきこ》がまりに質問《しつもん》した。

「まりっぺはどうなの？　そういうの」

「そういうの!?」

「キス」

そんなの、答《こた》えられるわけがなかった。

クリスマスイブの夜《よる》に、松永《まつなが》に強引《ごういん》なキスをされたなんて。

杏奈《あんな》が真顔《まがお》で「気《き》になる」と体《からだ》を寄《よ》せてくる。

「え……」

杏奈《あんな》と幸子《ゆきこ》が、さらにぐっと身《み》をのりだし「キス」とつめ寄《よ》る。

まりは、顔《かお》をこわばらせた。

「……ないよ」

「それ、あるやつだ」と幸子《ゆきこ》。

「……ちがうから」

「彼氏《かれし》いたことあったんだ」と杏奈《あんな》。

「ないから！　そもそも彼氏《かれし》いらないし！」

うろたえたまりが、逃《に》げるために立《た》ちあがると、幸子《ゆきこ》もいっしょに立《た》ちあがった。

二人《ふたり》がトイレへ行《い》き、杏奈《あんな》はテーブルに残《のこ》る。一人《ひとり》になってみると、でてくるのはため息《いき》ばかりだ。

そこへ剛《つよし》がやってきた。落《お》ちこんでいた姿《すがた》を見《み》られてしまった。

「あ、今《いま》トイレに――」

「うん、見《み》えた」

剛《つよし》が正面《しょうめん》の席《せき》に座《すわ》る。

そのとき、杏奈《あんな》は思《おも》いついた。剛《つよし》に聞《き》いてみたらどうかな、と。剛《つよし》なら聞《き》きやすいし、正直《しょうじき》に教《おし》えてくれそうだ。羽柴夏樹《はしばなつき》という人《ひと》のことを。

「……聞《き》いてもいい？」

「なんだろ」

杏奈《あんな》はおそるおそる質問《しつもん》をする。

「羽柴《はしば》くんって、どんな人《ひと》？」

剛《つよし》は杏奈《あんな》の目《め》をじっと見《み》て答《こた》える。

「正直《しょうじき》。まっすぐ。一生懸命《いっしょうけんめい》。……にもれなく『バカ』がついてくる」

杏奈《あんな》は思《おも》わずクスッと笑《わら》う。

やっぱり。夏樹《なつき》は、人《ひと》の気持《きも》ちをもてあそぶようなタイプじゃない。

キスのことは、きっと本当《ほんとう》に覚《おぼ》えていないんだ。

「気《き》になるんだ？　なっちゃんのことが」

そう聞《き》かれた杏奈《あんな》は、はっとする。

私《わたし》ずっと、羽柴《はしば》くんのことが気《き》になっている。どうしてこんなに気《き》になるんだろう……。

◇◇◇

四月《がつ》。三年生《ねんせい》になった。受験生《じゅけんせい》になった、とも言《い》う。

朝《あさ》、いつもの高台《たかだい》の道《みち》で、杏奈《あんな》は夏樹《なつき》と顔《かお》を合《あ》わせた。

杏奈《あんな》が今《いま》までどおり、ひかえめにほほえむと、夏樹《なつき》も自転車《じてんしゃ》をおりて笑《わら》う。

学校《がっこう》までの道《みち》を、二人《ふたり》はおしゃべりをしながら歩《ある》いた。

まるで、キスという事件《じけん》なんてなかったかのように。

受験生《じゅけんせい》といえども、夏樹《なつき》たちの昼休《ひるやす》みの過《す》ごし方《かた》は、相変《あいか》わらずだった。

男子四人《だんしよにん》は屋上《おくじょう》で、お湯《ゆ》を入《い》れたカップラーメンを簡易《かんい》テーブルの上《うえ》に置《お》き、スマホのアラームをじっと待《ま》つ。三分間《ぷんかん》の我慢《がまん》。

中庭《なかにわ》を見《み》おろすと、ベンチには杏奈《あんな》とまりが座《すわ》っている。ぽかぽかした日差《ひざ》しの下《した》で、二人《ふたり》は気持《きも》ちよさそうだった。

杏奈《あんな》がハンドクリームをあげようとすると、まりがニコッと笑《わら》って断《ことわ》る。そしてポケットから自分《じぶん》のクリームをだして手《て》にぬった。

あれ？　と夏樹《なつき》は思《おも》う。あれほど杏奈《あんな》にべったりだったまりが、なんとなく遠慮《えんりょ》しているように見《み》えたからだ。

今《いま》までより、ちょっと距離感《きょりかん》があるような？

「夏樹《なつき》。文化祭《ぶんかさい》、小早川《こばやかわ》さんとまわるの？」

松永《まつなが》に聞《き》かれて、夏樹《なつき》はため息《いき》をつく。

「そうしたいけど」

「あ〜、筒井《つつい》さんか」

「俺《おれ》さ、とことん敵視《てきし》されてるからね、なぜか」

夏樹《なつき》はわかっていないが、松永《まつなが》には敵視《てきし》されている理由《りゆう》がわかっていた。

夏樹《なつき》が、まりから杏奈《あんな》をうばっていく人間《にんげん》だからだ。

「まっつんが筒井《つつい》さんをつれだしてくれればねえ」

という剛《つよし》の意見《いけん》に、夏樹《なつき》も同意《どうい》する。すると、すかさず恵一《けいいち》がツッコんだ。

「で、どうなってんの、そっちは」

そっちというのは、松永《まつなが》とまりのことだ。

松永《まつなが》はやけになって「どうもなってねえよ」と答《こた》える。実際《じっさい》、どうにもなっていない。

ちょうどそのとき、スマホのアラームが鳴《な》る。カップラーメンができあがった。

四人《よにん》はそれぞれカップを手《て》にとって、フタを開《あ》ける。もわっと湯気《ゆげ》があがる。

「まあ、とりあえず、筒井《つつい》さんに許可《きょか》とってみる、だな」

松永《まつなが》がそう言《い》うと、ラーメンをすすっていた夏樹《なつき》がむせそうになる。

「好《す》きな人《ひと》を誘《さそ》うのに、その友《とも》だちの許可《きょか》がいるの？」

「ないよりいいだろ」

「たしかに、認《みと》めてもらえないのはいやだ」

「男《おとこ》がカップラーメン食《く》うときは、もうひとふんばりするときだろうが」と松永《まつなが》。

「くぅー。ま、一番《いちばん》は単純《たんじゅん》に腹減《はらへ》ってるときだがね」と恵一《けいいち》。

「……わかったよ」

夏樹《なつき》はラーメンを食《た》べおえると、しぶしぶ階段《かいだん》をおりて中庭《なかにわ》へ向《む》かった。

杏奈《あんな》に遅《おく》れて、校舎《こうしゃ》へ向《む》かって歩《ある》いているまりを呼《よ》びとめる。

ところが、顔色《かおいろ》をうかがいつつ「文化祭《ぶんかさい》は小早川《こばやかわ》さんといっしょにまわってもいいか」とたずねると、一秒《びょう》で却下《きゃっか》されてしまった。夏樹《なつき》も負《ま》けてはいない。

「そこをなんとか……」

「しつこい！　ダメだって言《い》ってるじゃん！」

交渉《こうしょう》は決裂《けつれつ》。まりはぷりぷり怒《おこ》って行《い》ってしまう。

夏樹《なつき》は途方《とほう》に暮《く》れて、屋上《おくじょう》を見《み》あげた。屋上《おくじょう》では松永《まつなが》たちが、いかにも「うわー、ひくわ……」と言《い》いたげな顔《かお》をして夏樹《なつき》を見《み》おろしている。

ダメだ、ここでひるんでしまっては。カップラーメンも食《た》べたし、ひとふんばりしなければ。

「待《ま》って！」

夏樹《なつき》が呼《よ》びとめると、まりがふりむいてにらむ。

「くどい！」

行《い》ってしまった。

屋上《おくじょう》では、その様子《ようす》を見《み》ていた松永《まつなが》たちがビビっていた。

「すごいな、オイ……」

◇◇◇

五時間目《じかんめ》が終《お》わり、松永《まつなが》が教室《きょうしつ》のベランダにでると、三年《ねん》一組《くみ》のベランダにまりを見《み》つけた。考《かんが》え事《ごと》をしているのか、手《て》すりに体《からだ》をあずけて、ぼうっとしている。

もちろん松永《まつなが》は、こういうときに迷《まよ》わず話《はな》しかけにいくタイプだ。

松永《まつなが》に気《き》づき、まりはさっそく威嚇《いかく》する。

「くると思《おも》ってたけど、いちいちくるな」

「思《おも》ってたんだ。待《ま》ってたんじゃないのー？」

「そして援護射撃《えんごしゃげき》ならムダ」

夏樹《なつき》の味方《みかた》をしにきたと思《おも》っているらしい。

「……筒井《つつい》さんは、俺《おれ》といっしょにまわるってどう？」

返事《へんじ》なし。

「せめて返事《へんじ》しろー？」

「これが返事《へんじ》だよ。もうかまうな、私《わたし》に」

「ムリ」

すると、まりは皮肉《ひにく》っぽいほほえみをうかべた。

「ムリじゃないって。どうせすぐ、どっかのだれかのとこに行《い》くんだから。さっさと行《い》けよ、つぎ」

だれかと仲《なか》よくしても、いつかは自分《じぶん》のもとから去《さ》ってしまう。まりが人《ひと》を寄《よ》せつけようとしないのは、それが怖《こわ》いからだった。

「……だからムリ」

と、松永《まつなが》はどかずに食《く》いさがり、まりの顔《かお》をのぞきこむ。

「自信《じしん》あるんだ、俺《おれ》。おまえのことなら。ずっといる。俺《おれ》は、おまえのそばになら」

「……そういうの、簡単《かんたん》に言《い》わないほうがいいよ」

「簡単《かんたん》になんか言《い》ってない。信《しん》じろよ、少《すこ》しは人《ひと》のこと」

松永《まつなが》なら、信《しん》じていいような気持《きも》ちに、ならなくもなかった。

意外《いがい》とまじめに話《はなし》を聞《き》いてくれるし、友《とも》だちを大切《たいせつ》にする人《ひと》だというのも知《し》っている。

チャラいけれど、悪《わる》いヤツじゃない——。

まりがそう考《かんが》えていたとき、クラスのギャル系女子《けいじょし》のリナが、ベランダにやってきた。

「まっつん。今《いま》さー、カラオケ行《い》こうって話《はな》しててー。恵《けい》ちゃんも誘《さそ》ってさ、行《い》くでしょ？」

最悪《さいあく》のタイミングで遊《あそ》びに誘《さそ》われて、松永《まつなが》が絶望的《ぜつぼうてき》な顔《かお》をする。

「リナちゃん、今《いま》それ言《い》う？」

まりの表情《ひょうじょう》がゆがんだ。

ほら、簡単《かんたん》に言《い》うなとクギを刺《さ》したのに。言《い》ったそばから、どっかのだれかと遊《あそ》ぼうとしている——。

まりは、「……簡単《かんたん》」とつぶやくと、早足《はやあし》で教室《きょうしつ》に入《はい》っていく。

そのときだった。

ふざけて走《はし》りまわっていた男子《だんし》の一人《ひとり》が、ベランダから入《はい》ってきたまりに激突《げきとつ》した。
まりは飛《と》ばされ、壁《かべ》にぶつかってしまった。
ドスッ！　とものすごい音《おと》がする。
床《ゆか》に倒《たお》れたまりは、ぴくりとも動《うご》かない。
「……おい！」
松永《まつなが》が教室《きょうしつ》へかけこむ。
ぶつかってきた男子《だんし》をなぐってやりたいが、今《いま》はそんなことをしている場合《ばあい》じゃない。
気《き》を失《うしな》っているまりを抱《かか》えあげると、教室《きょうしつ》を飛《と》びだした。
騒《さわ》ぎを聞《き》いた生徒《せいと》たちが、教室《きょうしつ》から顔《かお》をだす。
騒然《そうぜん》とした中《なか》、松永《まつなが》はまりを抱《だ》いて保健室《ほけんしつ》へと走《はし》った。

◇◇◇

養護教諭《ようごきょうゆ》によると、まりにケガはなく、軽《かる》い脳震盪《のうしんとう》とのこと。

保健室《ほけんしつ》には、杏奈《あんな》がつきそいで残《のこ》ることになった。

松永《まつなが》が昇降口《しょうこうぐち》へ向《む》かうと、作業服《さぎょうふく》を着《き》たいかつい男《おとこ》がかけこんでくる。

「ごめん。保健室《ほけんしつ》ってどこかな？」

「……あ、筒井《つつい》さんの？」

松永《まつなが》が聞《き》くと、男《おとこ》は自分《じぶん》を指《ゆび》さしながら「そう、兄貴兄貴《あにきあにき》」と答《こた》える。

まりに兄《あに》がいたなんて、初耳《はつみみ》だ。少《すこ》しおどろきつつも、気《き》をとりなおして彼《かれ》を保健室《ほけんしつ》へ案内《あんない》する。

「軽《かる》い脳震盪《のうしんとう》って言《い》われてもさ、なったことないと、なにがどう軽《かる》いのかわかんないよね」

「そうっすね」

「まりの友《とも》だち？」

「松永《まつなが》っていいます」

「あ、彼氏《かれし》くん？　だったら態度《たいど》キツめにいくけど」

「……いえ。俺《おれ》、会話《かいわ》の九割《わり》、怒鳴《どな》られてるんで」

昌臣《まさおみ》はハハハと笑《わら》った。

「あれでも昔《むかし》はかわいげあったんだぜ？　俺《おれ》に超《ちょう》なついてて。まあ、うちは共働《ともばたら》きだったから、さびしさの反動《はんどう》だろうけど」

さびしさの反動《はんどう》——。

松永《まつなが》は、まりの言《い》っていた言葉《ことば》を思《おも》いだした。

——ただ、私《わたし》はだれかの一番《ばん》になりたいだけ。

——どうせすぐ、どっかのだれかのとこに行《い》くんだから。

まりはさびしい思《おも》いをするのがいやで、人《ひと》に近《ちか》づこうとしなかったのかもしれない。

一人《ひとり》でいれば、だれにも傷《きず》つけられなくてすむ。

昌臣《まさおみ》がなつかしそうに話《はな》す。

「お年玉《としだま》で、おもちゃの手鏡《てかがみ》を買《か》ってやったら、まーくんと結婚《けっこん》する、なんて言《い》ってくれたりして」

まりが持《も》っていた、魔法少女《まほうしょうじょ》のコンパクトだ。

「想像《そうぞう》つかないです」

「あれで、信用《しんよう》したヤツには猫《ねこ》みたいに腹《はら》だすんだ」

「……もっと想像《そうぞう》つかないです」

二人《ふたり》は保健室《ほけんしつ》の前《まえ》で立《た》ちどまる。

「だから、本気《ほんき》じゃないなら、やめとけよ」

「……本気《ほんき》だから、やめられません」

不意打《ふいう》ちされたように昌臣《まさおみ》がふりかえり、松永《まつなが》を見《み》つめる。

「残念《ざんねん》ながら、相手《あいて》にされてないですけど」

昌臣《まさおみ》はまた笑《わら》った。この松永《まつなが》ってヤツ面白《おもしろ》いな、と思《おも》う。面白《おもしろ》いし、いいヤツだ。

「……『今《いま》はまだ』をつけろ、『今《いま》はまだ』」

「ありがとうございます」

松永《まつなが》が頭《あたま》をさげると、昌臣《まさおみ》も頭《あたま》をさげた。

「こっちこそ、ありがとう」

そしてニヤッとほほえむと、保健室《ほけんしつ》の中《なか》へ入《はい》っていった。

松永《まつなが》は、脱力《だつりょく》した。気《き》づかなかったが、けっこう緊張《きんちょう》していたようだ。

ゆっくり歩《ある》いてもときた廊下《ろうか》を戻《もど》る。

すると、さっき誘《さそ》ってきたリナから「カラオケどーする？」とLINE《ライン》がきた。

松永《まつなが》は、スマホの画面《がめん》をじっと見《み》つめ、電源《でんげん》を落《お》とす。もうこういうメッセージはたくさんだ。

昇降口《しょうこうぐち》をでて、駐輪場《ちゅうりんじょう》で待《ま》っていた夏樹《なつき》たちと合流《ごうりゅう》する。

「カラオケ行《い》かね？　野郎《やろう》だけで！」

松永《まつなが》がそう言《い》うと、みんなのってきた。

本命《ほんめい》でもない女《おんな》の子《こ》と行《い》くより、こっちのほうがよっぽどいい。

昌臣《まさおみ》が保健室《ほけんしつ》に入《はい》ると、つきそっていた杏奈《あんな》が立《た》ちあがって会釈《えしゃく》をする。

枕元《まくらもと》には、まりが大事《だいじ》にしているコンパクトが置《お》いてある。杏奈《あんな》が持《も》ってきたのだ。

「私《わたし》、まりちゃんのカバン、とってきますね」

「あ、申《もう》し訳《わけ》ない」

杏奈《あんな》がいそいそと保健室《ほけんしつ》をでていく。

少《すこ》し前《まえ》に目《め》を覚《さ》ましていたまりは、そっとまぶたを開《あ》けて、体《からだ》を起《お》こした。

「いいヤツじゃねえの」

昌臣《まさおみ》が、松永《まつなが》のことを言《い》っているのはわかっていた。でも、わかっていないフリをする。

「杏奈《あんな》はいいヤツだよ」

「おまえはめんどくせえヤツだなあ。じゃないほうに決《き》まってんだろ。本気《ほんき》だっつってたぞ」

まりは返事《へんじ》をせず、気《き》まずそうに目《め》をそらして帰《かえ》る準備《じゅんび》をはじめた。

「とりあえず、今日《きょう》はうちでメシな」

「……そのつもりでしたけど？　姪《めい》っ子《こ》にも会《あ》いたいし」

素直《すなお》じゃないな、と昌臣《まさおみ》は思《おも》う。

「由香《ゆか》さん、なに作《つく》ってくれるって？」

「そりゃ、唐揚《からあ》げだろ」

まりは降参《こうさん》したように、頬《ほお》をゆるませる。

唐揚《からあ》げはまりの大好物《だいこうぶつ》だった。

◇◇◇

つぎの日《ひ》、まりは一階《いっかい》のわたり廊下《ろうか》に立《た》ち、登校《とうこう》してくる松永《まつなが》を待《ま》った。

廊下《ろうか》の向《む》こうから歩《ある》いてきた松永《まつなが》は、まりを見《み》つけて一瞬《いっしゅん》立《た》ちどまり、それからまた歩《ある》きだした。

「めずらし」

松永《まつなが》がそう言《い》うと、まりは居心地《いごこち》が悪《わる》そうにうつむく。

「お礼《れい》、言《い》おうと思《おも》って」

「……めずらし」

それじゃ、と去《さ》っていこうとするまりに、松永《まつなが》が呼《よ》びとめた。

「昨日《きのう》、お兄《にい》さんと、少《すこ》し話《はな》した」

まりがふりむく。

「なにを？」

「要《よう》は、さびしかったって話《はなし》」

まりはチッと舌打《したう》ちをする。

「……よけいなことを」

「けど、小早川《こばやかわ》さんは、おまえからはなれたりしないだろ？　もちろん、俺《おれ》もだけど」

「そんなのわかんないじゃん」

「俺《おれ》は、好《す》きだよ。筒井《つつい》まりのことが」

「……わかんない」

まりの声《こえ》は弱々《よわよわ》しくなった。

松永《まつなが》は、上着《うわぎ》のポケットからスマホをとりだし、電話帳《でんわちょう》を表示《ひょうじ》させて見《み》せた。

そこには、両親《りょうしん》と妹《いもうと》、夏樹《なつき》、恵一《けいいち》、剛《つよし》――それから『まりっぺ』。それしか登録《とうろく》されていなかった。

ほかの連絡先《れんらくさき》は、すべて消《け》してしまったのだ。

「ふらふらはもうやめた。俺《おれ》の一番《いちばん》は、おまえだ。ゆっくりでいい。けど、あんま待《ま》たねえぞ」

ふいにまりは、昌臣《まさおみ》の言葉《ことば》を思《おも》いだした。

——本気《ほんき》だっつってたぞ。

松永《まつなが》は本気《ほんき》なのだ。

◇◇◇

昼休《ひるやす》み、中庭《なかにわ》のいつものベンチに、杏奈《あんな》とまりは座《すわ》っていた。

文化祭《ぶんかさい》はもうすぐ。立《た》て看板《かんばん》や、仮装《かそう》の衣装《いしょう》づくり……生徒《せいと》たちがあちこちで文化祭《ぶんかさい》へ向《む》けての準備《じゅんび》をしていた。

その様子《ようす》を見《み》て、杏奈《あんな》がつぶやく。

「早《はや》いよね。もう最後《さいご》の文化祭《ぶんかさい》だよ」

「……そうだね」

「あっという間《ま》。まりちゃんと知《し》りあって二年《ねん》ってことだね」

杏奈《あんな》はしみじみと校舎《こうしゃ》を眺《なが》めた。

まりは、松永《まつなが》の言葉《ことば》を思《おも》いだす。

——小早川《こばやかわ》さんは、おまえからはなれたりしないだろ?

そして、勇気《ゆうき》をふりしぼって切《き》りだした。

「……ねえ杏奈《あんな》」

「ん?」

「その文化祭《ぶんかさい》だけどさ……杏奈《あんな》といっしょにまわりたいって。羽柴《はしば》が言《い》ってきたんだ」

「……えっ?」

「だけど私《わたし》、勝手《かって》に断《ことわ》った。杏奈《あんな》の気持《きも》ち、無視《むし》して」

杏奈《あんな》はおどろいて言葉《ことば》をのみこむ。

「……ごめんね。でもね、だめなんだ。……ほんと、だめなんだ」

まりは、ぎゅっとこぶしをにぎり、苦《くる》しげにうつむく。

どうして夏樹《なつき》の誘《さそ》いを勝手《かって》に断《ことわ》ったりしたのか、どうしてこんなに苦《くる》しそうなのか、杏《あん》奈《な》にはよくわからなかった。

「……だめって？」

「好《す》きなの、杏奈《あんな》が。友《とも》だちじゃなくて、もっと大切《たいせつ》な、特別《とくべつ》な気持《きも》ちで……好《す》きなの」

それは、杏奈《あんな》の思《おも》いもよらない言葉《ことば》だった。

「だからとられたくなかった。だれにも。……ごめん」

杏奈《あんな》も、まりのことは特別《とくべつ》な親友《しんゆう》だと思《おも》っていた。人見知《ひとみし》りでおっとりしている杏奈《あんな》にとって、まりは初《はじ》めてできた友《とも》だち。

でも、杏奈《あんな》の思《おも》っている「特別《とくべつ》」と、まりの思《おも》っている「特別《とくべつ》」は、重《おも》さがちがうのかもしれなかった。

目《め》の前《まえ》のまりは、顔《かお》をゆがめ、今《いま》にも泣《な》きだしそうで――。

「こんなこと、本当《ほんとう》は言《い》いたくなかった。だけど、やっぱりちゃんと言《い》わなきゃって」

「私《わたし》も、まりちゃんが好《す》きだよ」

それは、本心《ほんしん》だった。

二人《ふたり》の思《おも》っている「特別《とくべつ》」の重《おも》さはちがっていても、杏奈《あんな》はまりのことが好《す》きだ。

まりが目《め》に涙《なみだ》をため、杏奈《あんな》を見《み》つめる。

「……これからも、友《とも》だちでいてくれる？」

杏奈《あんな》はほほえんで、深《ふか》くうなずいた。

「うん。ずっといる」

「だったら、お願《ねが》いがある。友《とも》だちとして」

「なに？」

「羽柴《はしば》とまわって。だって、最後《さいご》の文化祭《ぶんかさい》なんだから」

自分《じぶん》の思《おも》いを受《う》けとめてくれた杏奈《あんな》を、こんどはまりが応援《おうえん》したかった。だから一生懸《いっしょうけん》命《めい》に笑《わら》ってみせた。

それに応《こた》えるように、杏奈《あんな》もほほえむ。

二人《ふたり》はこれからも友《とも》だちだ。かけがえのない、友《とも》だち。

◇◇◇

杏奈《あんな》は、夏樹《なつき》と文化祭《ぶんかさい》をまわりたかった。夏樹《なつき》も同《おな》じだと、信《しん》じて疑《うたが》わなかった。どこかのタイミングで顔《かお》を合《あ》わせたら、それを伝《つた》えよう――そう思《おも》っていた。

放課後《ほうかご》の掃除《そうじ》を終《お》え、下校《げこう》の準備《じゅんび》をする。いったんは昇降口《しょうこうぐち》へ向《む》かおうとするが、思《おも》いきって夏樹《なつき》のクラスへ行《い》ってみる。

三年《ねん》三組《くみ》の教室《きょうしつ》をのぞく。

すると、中《なか》から夏樹《なつき》の声《こえ》が聞《き》こえてきた。

「このまま、時間《じかん》なんてとまればいいのに」

「私《わたし》も同《おな》じ。こうしてずっとさ、だれにも見《み》つからずに、二人《ふたり》だけでいたい」

そう答《こた》えた声《こえ》に、杏奈《あんな》は聞《き》き覚《おぼ》えがあった。

女子《じょし》バレー部《ぶ》の千葉《ちば》の声《こえ》だ。

「……うん」

「好《す》き？」

「……好《す》き」

今《いま》のやりとりは――愛《あい》の告白《こくはく》。

それ以外《いがい》のなにものでもない。
杏奈《あんな》はショックを受《う》けてあとずさると、そのまま走《はし》り去《さ》った。

失《うしな》うことばっか考《かんが》えてたら、なんにも手《て》に入《はい》らない

三年《ねん》三組《くみ》の教室《きょうしつ》では、夏樹《なつき》が悲鳴《ひめい》をあげていた。

手《て》に持《も》っているのは、文化祭《ぶんかさい》で上演《じょうえん》する演劇《えんげき》、『ジュリオとロミエット』の台本《だいほん》。千葉《ちば》が急《きゅう》きょ、ジュリオの代役《だいやく》で出演《しゅつえん》することになり、練習《れんしゅう》につきあっていたのだ。

「ごめん千葉《ちば》ちゃん、俺《おれ》ムリだ。自分《じぶん》で読《よ》んでて死《し》にたくなる」

「つきあってくれるって言《い》ったじゃん」

やってみたけど、ぜんぜんダメ。恥《は》ずかしくてぶっ倒《たお》れそうだ。

「代役《だいやく》がんばって。観《み》には行《い》くからさ」

「ちょっと！」

「大丈夫《だいじょうぶ》だよ。文武両道《ぶんぶりょうどう》、プラス千葉《ちば》ちゃんは演技力《えんぎりょく》もあるから。いよっ、高校生《こうこうせい》の鑑《かがみ》っ！」

そう言《い》うと、夏樹《なつき》はぴゅんと走《はし》って逃《に》げた。

つぎの朝《あさ》。

いつもの高台《たかだい》の道《みち》で杏奈《あんな》を見《み》つけた夏樹《なつき》は、いつもと同《おな》じように手《て》をふった。

ところが、杏奈《あんな》は手《て》をふりかえさずに歩《ある》きだす。

無視《むし》された？　夏樹《なつき》にはなにが起《お》きているのか理解不能《りかいふのう》だった。すたすたと早足《はやあし》で歩《ある》いていく杏奈《あんな》に呼《よ》びかける。

「待《ま》ってよ！」

杏奈《あんな》はとまらなかった。

「ちょ、ねえ小早川《こばやかわ》さん！　なんで逃《に》げるの？　俺《おれ》なんかした？」

杏奈《あんな》が立《た》ちどまった。

「べつに逃《に》げてないけど」

こんなに怖《こわ》い顔《かお》をした杏奈《あんな》を見《み》るのは、初《はじ》めてだった。あきらかに怒《おこ》っている。

杏奈《あんな》はだまってうつむき、もどかしそうに唇《くちびる》をかんだ。

険悪《けんあく》な雰囲気《ふんいき》の二人《ふたり》のことを見《み》て、道《みち》を歩《ある》くほかの生徒《せいと》たちが、こそこそ話《はな》しながら追《お》い越《こ》していく。

「わかんないよ、だまってたら」

そんなに追《お》いこまないでよ、と杏奈《あんな》は思《おも》った。一生懸命《いっしょうけんめい》に感情《かんじょう》をおさえているのに。

怒《いか》りをぶつけないよう、我慢《がまん》をしているのに。

「……だまってるわけじゃない」

必死《ひっし》にせきとめていた言葉《ことば》が、思《おも》わずでてしまう。

「なんかしたなら、俺《おれ》、謝《あやま》るし」

夏樹《なつき》がなにも覚《おぼ》えていないことを、杏奈《あんな》だってちゃんと知《し》っていた。

あれは事故《じこ》みたいなもの。それも知《し》っている。

だけど——。

「……されたよ」

「だからなにを？」

「……された」

「え？」

「キスされたっ!!」

それを聞《き》いた夏樹《なつき》が、ぼうぜんと杏奈《あんな》を見《み》つめる。

「……あれから、全部《ぜんぶ》がおかしいの」

こんなに胸《むね》が苦《くる》しくなったのは初《はじ》めてだった。

夏樹《なつき》が千葉《ちば》のことを好《す》きでも、責《せ》められない。

そもそも夏樹《なつき》は、自分《じぶん》のことをそういう目《め》で見《み》ていなかったのかもしれないんだから。

ただの友《とも》だちだと思《おも》っていたのかもしれないのに。

「全部《ぜんぶ》が、変《か》わっちゃったの」

杏奈《あんな》だって、夏樹《なつき》のことを友《とも》だちだと思《おも》っていた。でも、いつのころからか、夏樹《なつき》のことばかり気《き》になるようになっていて――。

「わかんないの、自分《じぶん》が。自分《じぶん》の気持《きも》ちが。……どうしたらいいか、わかんないの!!」

杏奈《あんな》は声《こえ》を荒《あら》らげてそう言《い》うと、夏樹《なつき》をその場《ば》に残《のこ》し、早足《はやあし》で歩《ある》きだした。

◇◇◇

昼休《ひるやす》みといえば、屋上《おくじょう》。男子四人《だんしよにん》は、今日《きょう》も屋上《おくじょう》にいた。

「はあ？　キス？」

松永《まつなが》と恵一《けいいち》と剛《つよし》が口々《くちぐち》にそう言《い》って、あきれた顔《かお》をする。

「……してたみたいで」

「みたい、ってなんだよ。なんで他人事《ひとごと》なんだよ」

松永《まつなが》は、今《いま》にも夏樹《なつき》の頭《あたま》をどつきそうな勢《いきお》いだ。

「事故《じこ》っていうか……。熱《ねつ》で、正直《しょうじき》、よく覚《おぼ》えてなくて……」

「そんなことある？」と松永《まつなが》。

「さすがにない」と恵一《けいいち》。

「ありえない。だって、ファーストキスでしょう？」と剛《つよし》。

「そうだけど……」

夏樹《なつき》のにえきらない態度《たいど》に、松永《まつなが》はイライラした。

「バカじゃねえの、こいつ。あきれた」

「でも俺《おれ》、本気《ほんき》で倒《たお》れかけたんだよ？　だれのせいだと思《おも》ってんの？」

「だれのせいだって言《い》いたいんだよ」

「決《き》まってんじゃん。つ……」

筒井《つつい》さん、と言《い》いかけ、はっと気《き》づいて言葉《ことば》をのみこむ。

重苦《おもくる》しい空気《くうき》が流《なが》れた。

「で？」

恵一《けいいち》が夏樹《なつき》につめ寄《よ》る。いつになく冷《つめ》たい口調《くちょう》だった。

「どうする気《き》？　文化祭《ぶんかさい》は」

夏樹《なつき》は「さあ……」と言《い》ったきり、フェンスにもたれて座《すわ》りこんだ。

「さすが、根性《こんじょう》ナシ。マジでない」

きびしい言葉《ことば》をぶつけられ、夏樹《なつき》はムッとして松永《まつなが》を見《み》あげた。

「ねえまっつん……マジさっきからなに？」

「逃《に》げてるだけだろ、そんなの」

もっともすぎて、夏樹《なつき》は二《に》の句《く》が継《つ》げない。

「言《い》ったら、俺《おれ》だって怖《こえ》えよ。基本《きほん》、負《ま》け戦《いくさ》だし。けど、ひきさがるわけにはいかねえじゃん。惚《ほ》れちゃったもんは」

そこまで言《い》われても、夏樹《なつき》はうつむいたままうじうじしていた。

すると、恵一《けいいち》がとつぜん、きっぱりと宣言《せんげん》する。

「わかった。もう決《き》めた。もらう、小早川《こばやかわ》さん。俺《おれ》が」

「……え？」

おどろいたのは夏樹《なつき》だけではなかった。松永《まつなが》と剛《つよし》も、目《め》を丸《まる》くする。

「俺《おれ》もいつの間《ま》にか、好《す》きになってた」

剛《つよし》が「マジか……」と小声《こごえ》でつぶやく。

「なっちゃんがあきらめたんだから、問題《もんだい》ないでしょ」

そう言《い》ってヘラヘラ笑《わら》う恵一《けいいち》を、松永《まつなが》がにらむ。

「あるよ。そういう問題《もんだい》じゃねえだろ！」

「なんで？　そういう問題《もんだい》でしょ――」

松永《まつなが》が恵一《けいいち》に迫《せま》り、ぐっと胸《むな》ぐらをつかんだ。

「おまえ、友《とも》だちをなんだと思《おも》ってんだよ」

「……はなせよ」

「答《こた》えろ！」

松永《まつなが》と恵一《けいいち》がにらみあう。あわてて剛《つよし》と夏樹《なつき》がとめに入《はい》るが、邪魔《じゃま》だとばかりにおしかえされてしまった。

「はなせって」

恵一《けいいち》が松永《まつなが》をつき飛《と》ばす。

「……てめえ」

なぐりかかろうとする松永《まつなが》を、夏樹《なつき》は必死《ひっし》におさえた。自分《じぶん》のせいで友《とも》だちがケンカになるなんて、ぜったいにイヤだ。

「やめようって！　俺《おれ》なら平気《へいき》だから！」

夏樹《なつき》が叫《さけ》ぶと、屋上《おくじょう》がしんと静《しず》まる。

「……こんな楽《たの》しくないこと、やめようって」

剛《つよし》がうなずく。

「たしかに。なぐりたいのは、なっちゃんのほうだしね」

すると恵一《けいいち》が、なげやりなほほえみを夏樹《なつき》に向《む》けた。

「いいよどうぞ。気《き》がすむまで」

開《ひら》きなおったような恵一《けいいち》を見《み》て、夏樹《なつき》はギリッと奥歯《おくば》をかみしめる。

そんなことをしたいわけじゃない。

夏樹《なつき》はみんなに背《せ》を向《む》けると、屋上《おくじょう》から立《た》ち去《さ》った。

◇◇◇

文化祭《ぶんかさい》の当日《とうじつ》は、あいにくの雨《あめ》。

まるで夏樹《なつき》たちの重苦《おもくる》しい雰囲気《ふんいき》を、そのまま表《あらわ》しているかのようだ。

雨《あめ》でも校内《こうない》は人《ひと》であふれている。着《き》ぐるみやメイド服《ふく》を着《き》た生徒《せいと》や、他校《たこう》の制服《せいふく》を着《き》た高校生《こうこうせい》、生徒《せいと》の家族《かぞく》でにぎわっていた。

まりと幸子《ゆきこ》は、女子《じょし》トイレでおたがいの制服《せいふく》を交換《こうかん》した。

幸子《ゆきこ》が「つよぽんと同《おな》じ学校《がっこう》の制服《せいふく》を着《き》て、同級生《どうきゅうせい》気分《きぶん》を味《あじ》わいたい！」と、まりにお願《ねが》いしたのだった。

二人《ふたり》並《なら》んで鏡《かがみ》の前《まえ》に立《た》ち、着《き》こなしを確認《かくにん》。着慣《きな》れないセーラー服《ふく》を着《き》たまりは、楽《たの》しいような、くすぐったいような、妙《みょう》な気分《きぶん》になった。

「コスプレなんて、よくやるよね」

まりがリボンを直《なお》しながらつぶやくと、幸子《ゆきこ》はふふっと笑《わら》った。

「だって、自分《じぶん》にうそ、つきたくないもん」

幸子《ゆきこ》はいつもこんな調子《ちょうし》だ。

明《あか》るくて、吹《ふ》っ切《き》れていて、いっしょにいると元気《げんき》になる。

「あんたはずっと、そうなんだろうね」

「バカにしてる？」

まりを見《み》て、ニッと笑《わら》う。

「してないしてない。むしろ逆《ぎゃく》。強《つよ》いなって思《おも》うよ」

「ふふん。けどね、ずっとこんなでいるのは、たぶんムリ」

そんなことを言《い》うなんて、意外《いがい》だった。思《おも》わずまりは「意外《いがい》」と口《くち》にだしてしまう。

「だって、ずっと続《つづ》くことなんて、ありえない」

幸子《ゆきこ》は、鏡《かがみ》に映《うつ》った自分《じぶん》の姿《すがた》をじっと見《み》つめた。

「大学《だいがく》行《い》って就職《しゅうしょく》して、結婚《けっこん》して子《こ》ども産《う》んだりして。それでもずっとコスプレ好《す》きかって、そんなのぜったいわかんないでしょ」

「まあ、たしかに」

「つよぽんぬとのことだってそう。ずっと好《す》きでいられる、なんて保証《ほしょう》はないのですよ。というかそんなの、ほとんど奇跡《きせき》」

幸子《ゆきこ》がテヘッと笑《わら》う。

「……すごいな。ほんとにタメ？」

「怖《こわ》いよ、もちろん。でも、失《うしな》うことばっか考《かんが》えてたらさ、なーんにも手《て》に入《はい》らないでしょ？　だったら今《いま》を楽《たの》しんじゃう。思《おも》いっきり。今《いま》しかできないことを後悔《こうかい》しないように」

圧倒《あっとう》されてしまったまりは、言葉《ことば》もでない。

「まりっぺはちがう？」

そう言《い》うと、幸子《ゆきこ》は、「お先《さき》にー。制服《せいふく》ありがと」と女子《じょし》トイレをでていった。

一人《ひとり》、鏡《かがみ》の前《まえ》に残《のこ》されたまりは思《おも》った。私《わたし》もそんなふうに考《かんが》えてみればいいのかも。

そうすれば、新《あたら》しい景色《けしき》が見《み》えるかもしれない――。


まりがトイレをでると、となりの男子《だんし》トイレからでてきた松永《まつなが》と鉢合《はちあ》わせした。

「**おおっ**」

二人《ふたり》とも同時《どうじ》にびっくりする。松永《まつなが》はなぜか青《あお》ざめた顔《かお》をしていた。

「どしたの？」

「なんでもねえよ」

あきらかに具合《ぐあい》が悪《わる》そうな松永《まつなが》に、「それ、あるやつだから」とツッコむ。

「……お化《ば》け屋敷《やしき》、とか好《す》きだって聞《き》いたからさ。小早川《こばやかわ》さんに」

「聞《き》いたから、なに？」

「俺《おれ》はそっち系《けい》ダメだから、慣《な》らし運転《うんてん》がてら下見《したみ》に行《い》ってきて」

まりがお化《ば》け屋敷《やしき》を好《す》きだと聞《き》いて、わざわざ免疫《めんえき》をつけに行《い》ったということだ。

まりはおどろいた。おどろいたし、あきれたし、それにうれしかった。

「バカじゃないの。慣《な》らせてねえじゃん。なにが『がてら』だ」

「うるせー。あー、首《くび》のあたり急激《きゅうげき》に凝《こ》った。ぶっちゃけまだ力入《ちからはい》んねえ」

松永《まつなが》が疲《つか》れきった表情《ひょうじょう》で、首《くび》のあたりをさすっている。

少《すこ》しはねぎらってあげてもいいかな、とまりは思《おも》う。

「……なにか食《た》べる？」

「え？」

「いやならいいけど」

すると、松永《まつなが》がパッと笑顔《えがお》になり、はしゃぎだした。

「食《た》べるよ。食《た》べる食《た》べる、食《た》べるに決《き》まってんじゃん！　食《た》べますよー。なに食《た》べる？」

子犬《こいぬ》みたい。そう思《おも》い、まりはクスッと笑《わら》ってしまった。

こんなふうに笑《わら》えるなんて、自分《じぶん》でも意外《いがい》――。

「なあ、これ前進《ぜんしん》？」

松永《まつなが》がそう言《い》ってまりの顔《かお》をのぞきこむ。本当《ほんとう》に、ほめてもらいたいワンコそっくりだ。

「さあ」

「まりっぺ」

「なんだよ、多少知《たしょうし》ってるヤツ」

松永《まつなが》は、はっとして立《た》ちどまり、目《め》を丸《まる》くした。

呼《よ》び方《かた》が「よく知《し》らねーヤツ」から「多少知《たしょうし》ってるヤツ」に変《か》わっている。

よっしゃとガッツポーズを作《つく》って叫《さけ》んだ。

「前進《ぜんしん》だあ！」

◇◇◇

体育館《たいいくかん》の舞台《ぶたい》では、演劇《えんげき》『ジュリオとロミエット』が上演《じょうえん》されていた。

男子《だんし》が女装《じょそう》してジュリオ、女子《じょし》が男装《だんそう》してロミエットを演《えん》じている。ロミエット役《やく》は千葉《ちば》だった。

杏奈《あんな》はうしろのほうの席《せき》に、ぽつんと一人《ひとり》で座《すわ》っていた。

べつに演劇《えんげき》を観《み》たいわけでもない。ここなら一人《ひとり》でいてもさびしくなかった。

「ねえジュリオ。なんであなたはそんなにジュリオなの？」

と、ロミエット役《やく》の千葉《ちば》が、大袈裟《おおげさ》な身《み》ぶりでセリフを言《い》う。

「それはたぶん、親《おや》のさじかげん」

観客《かんきゃく》がどっと笑《わら》った。杏奈《あんな》にはなにが面白《おもしろ》いのかさっぱりわからない。

「このまま、時間《じかん》なんてとまればいいのに」

「私《わたし》も同《おな》じ。こうしてずっとさ、だれにも見《み》つからずに二人《ふたり》だけでいたい」

「……うん」

杏奈《あんな》がはっと息《いき》をのむ。

——この会話《かいわ》を、どこかで聞《き》いたことがある。

三年《ねん》三組《くみ》の教室《きょうしつ》。夏樹《なつき》と千葉《ちば》の会話《かいわ》——。

「好《す》き？」

「好《す》き」

自分《じぶん》があのとき聞《き》いたのは、この演劇《えんげき》のセリフだったのだ。

私《わたし》、とんでもない勘《かん》ちがいをしていた……。

そのことに気《き》づいた杏奈《あんな》の心臓《しんぞう》が、ドキドキと激《はげ》しく打《う》つ。するとそのとき、だれかが杏奈《あんな》の肩《かた》を叩《たた》いた。見《み》あげると、恵一《けいいち》がいた。

「ちょっといい？　話《はなし》があるんだ」

なんだろう、と思《おも》いながら、恵一《けいいち》のあとをついていく。

つれていかれたのは美術室《びじゅつしつ》。『プラネタリウム』という看板《かんばん》がでている。

「入《はい》って」

そう促《うなが》されて、杏奈《あんな》は中《なか》へ入《はい》る。

恵一《けいいち》は入《い》り口《ぐち》に『貸《か》し切《き》り』のプレートをかけ、扉《とびら》を閉《し》めた。


そのころ、夏樹《なつき》も一人《ひとり》でいた。

一階《いっかい》のわたり廊下《ろうか》はテーブルと椅子《いす》を置《お》いた飲食《いんしょく》スペースになっていて、夏樹《なつき》もそこに座《すわ》り焼《や》きそばをかきこんでいた。

外《そと》は、相変《あいか》わらずの雨《あめ》。

あちこちにカップルらしき男女《だんじょ》がいて、目《め》にするたびに落《お》ちこむ。

とそこへ、剛《つよし》と幸子《ゆきこ》がやってきて座《すわ》る。剛《つよし》は、漫研《まんけん》で買《か》い物《もの》した大《おお》きな袋《ふくろ》を持《も》っていた。

剛《つよし》がジュースを差《さ》しだし、夏樹《なつき》は受《う》けとる。

すると、幸子《ゆきこ》が、剛《つよし》が首《くび》にかけているヘッドフォンをうばった。

「貸《か》ーしてっ」

二人《ふたり》の会話《かいわ》を邪魔《じゃま》しないように気《き》を遣《つか》う幸子《ゆきこ》を見《み》て、夏樹《なつき》がこぼす。

「できた彼女《かのじょ》だよね……」

「恵《けい》ちゃんが、小早川《こばやかわ》さんのところに行《い》ったよ」

夏樹《なつき》はおどろいた。けれど、それを悟《さと》られないように表情《ひょうじょう》を消《け》し、話《はなし》をそらす。

「漫画《まんが》、けっこう買《か》ったね」

「恵《けい》ちゃんは、小早川《こばやかわ》さんのところに、行《い》ったよ」

「……面白《おもしろ》かったら貸《か》して」

肝心《かんじん》な話《はなし》から逃《に》げようとする夏樹《なつき》を、剛《つよし》はじっと見《み》つめた。

「なっちゃん昔《むかし》さ、教室《きょうしつ》でこそこそ漫画《まんが》読《よ》んでる俺《おれ》に『なんで表紙《ひょうし》、隠《かく》してるの』って聞《き》いたの、覚《おぼ》えてる？」

「言《い》ったっけ？」

「まあ、授業中《じゅぎょうちゅう》に漫画《まんが》を読《よ》んでた俺《おれ》も俺《おれ》だけど」

夏樹《なつき》はよく覚《おぼ》えていなかった。いつの話《はなし》だろう。

「そんとき俺《おれ》がさ、『オタク寄《よ》りの文化《ぶんか》っていやな人《ひと》は本気《ほんき》でいやだから』って答《こた》えたら、なっちゃん言《い》ったんだ」

そこまで聞《き》いて、夏樹《なつき》はそのときのことを思《おも》いだした。はっきりと。夏樹《なつき》は言《い》ったのだ。

「『けど、好《す》きなんでしょ？　好《す》きで、なにが悪《わる》いの？』って」

そう、たしかに夏樹《なつき》はそう言《い》った。

「それから表紙《ひょうし》を隠《かく》すの、やめた。おかげで表紙《ひょうし》が汚《よご》れるから、それはそれで問題《もんだい》なんだけど。毎回《まいかい》、保存用《ほぞんよう》を買《か》う余裕《よゆう》ないし」

まわりくどいところが剛《つよし》らしくて、夏樹《なつき》は思《おも》わず笑《わら》ってしまった。

それでも、剛《つよし》が夏樹《なつき》の背中《せなか》をおしてくれようとしているのは、十分《じゅうぶん》に伝《つた》わる。

いつも一歩《いっぽ》ひいたところから、しっかりと見守《みまも》っていてくれたのは、剛《つよし》だ。

「……ありがと、つよぽん」

「いってらっしゃい」

夏樹《なつき》は、焼《や》きそばとジュースをテーブルに残《のこ》して、中庭《なかにわ》へかけだした。

雨《あめ》の中《なか》、傘《かさ》もささずに。

どうしても小早川《こばやかわ》さんに言《い》いたいことがある。

今《いま》すぐ、どうしても——。

◇◇◇

夏樹《なつき》は中庭《なかにわ》を抜《ぬ》け、体育館《たいいくかん》へ走《はし》った。

雨《あめ》で髪《かみ》も制服《せいふく》もぬれているけれど、そんなこと気《き》にしている場合《ばあい》じゃない。

体育館《たいいくかん》に杏奈《あんな》の姿《すがた》はなく、また走《はし》りだす。

二年《ねん》一組《くみ》の教室《きょうしつ》の前《まえ》をとおりすぎる。

すると、夏樹《なつき》の胸《むね》に、あの日《ひ》の記憶《きおく》が、ありありとよみがえった。

杏奈《あんな》にハンドタオルを返《かえ》しに行《い》き、まりに追《お》いかえされた日《ひ》だ。

――だから、いないけど？

――いや、でも、あそこに小早川《こばやかわ》さんらしき……。

まりとそんな会話《かいわ》をした。

教室《きょうしつ》の奥《おく》に杏奈《あんな》の姿《すがた》が見《み》えているというのに、まりは夏樹《なつき》を追《お》いかえした。

二年《ねん》三組《くみ》の教室《きょうしつ》の前《まえ》をとおりすぎる。

この教室《きょうしつ》のベランダから、体操着《たいそうぎ》を着《き》たまりと杏奈《あんな》を見《み》た、あの日《ひ》。

――ほんとだ！　ナイス時間割《じかんわり》の妙《みょう》！

そして、松永《まつなが》と恵一《けいいち》が、外《そと》へ向《む》かって叫《さけ》んだ。

――小早川《こばやかわ》さ―――ん!!

本当《ほんとう》に恥《は》ずかしかった。あわてて二人《ふたり》の口《くち》をふさいだあの日《ひ》がなつかしい。
夏休《なつやす》み、剛《つよし》の家《いえ》で勉強会《べんきょうかい》。
あの日《ひ》、初《はじ》めて私服姿《しふくすがた》の杏奈《あんな》と会《あ》った。
神社《じんじゃ》の夏祭《なつまつ》りの縁日《えんにち》。
あの日《ひ》、杏奈《あんな》といっしょに星空《ほしぞら》を眺《なが》めた。
クリスマスイブのパーティー。
あの日《ひ》、杏奈《あんな》とキスをした……事故《じこ》だったけれど。
そして、いつの間《ま》にか想《おも》いはすれちがって。
今《いま》ならまだ間《ま》にあうのだろうか。
まだ前《まえ》へ進《すす》めるのだろうか。

夏樹《なつき》は階段《かいだん》をかけあがり、『プラネタリウム』と看板《かんばん》のでている美術室《びじゅつしつ》へ向《む》かう。
ここはまださがしていなかった。
息《いき》を切《き》らしながらドアを開《あ》ける。
文化祭《ぶんかさい》の喧噪《けんそう》がうそのように、ここは静《しず》まりかえっている。
暗幕《あんまく》がひかれた室内《しつない》は暗《くら》い。正面《しょうめん》に、蛍光塗料《けいこうとりょう》で書《か》かれた順路案内《じゅんろあんない》の矢印《やじるし》が見《み》えた。
順路《じゅんろ》のとおりに進《すす》んでみる。
するととつぜん、さっき開《あ》けっぱなしにしてきたドアが、スッと閉《し》まった。
少《すこ》しびっくりしたが、かまわずに進《すす》む。
順路《じゅんろ》は角《かど》につきあたり、そこを曲《ま》がると――

星空《ほしぞら》だった。
教室《きょうしつ》じゅうに、またたく星《ほし》が散《ち》らばっていた。
夏祭《なつまつ》りで見《み》た、満天《まんてん》の星空《ほしぞら》を思《おも》いだしてしまうような。

そして。

星《ほし》の海《うみ》の中《なか》に、杏奈《あんな》の背中《せなか》が見《み》えた。

気配《けはい》を感《かん》じて、杏奈《あんな》がふりむく。

夏樹《なつき》はしばらくためらったあと、おそるおそる口《くち》を開《ひら》いた。

「……あの……えっと……ごめんなさい」

「……なんで謝《あやま》るの？」

夏樹《なつき》は、ふせていた瞳《ひとみ》をあげる。

「続《つづ》きから、はじめたいって思《おも》ったから」

「……なんの続《つづ》き？」

杏奈《あんな》には、夏樹《なつき》の言《い》いたいことがまだよくわからなかった。

もっと説明《せつめい》がほしい。だから、待《ま》ってみる。

「……俺《おれ》、避《さ》けてた。小早川《こばやかわ》さんが言《い》ったように、小早川《こばやかわ》さんのことを。意気地《いくじ》がなくて、うそついて」

思《おも》いつめたような夏樹《なつき》の言葉《ことば》に、杏奈《あんな》は全力《ぜんりょく》で耳《みみ》をかたむけた。

「春《はる》、駅《えき》で会《あ》うようになったのも、偶然《ぐうぜん》なんかじゃない。会《あ》いたくて、自転車《じてんしゃ》、必死《ひっし》こいた。夏《なつ》、勉強教《べんきょうおし》えてくれたのに俺《おれ》……もう勉強《べんきょう》どこじゃなかった」

杏奈《あんな》はひとつひとつ、思《おも》いだしていた。

高台《たかだい》の道《みち》で手《て》をふる朝《あさ》のこと。

夏《なつ》の勉強会《べんきょうかい》のこと。

「目《め》の前《まえ》の小早川《こばやかわ》さんにときめいて、ドキドキして。心臓《しんぞう》の音《おと》が聞《き》こえないように気《き》をつけて……って聞《き》こえはしないんだろうけど」

夏樹《なつき》は「──って俺《おれ》マジべらべらなに言《い》ってんだろ」と頭《あたま》をかきむしり、ハーッと息《いき》をつく。

でも、まだ言《い》いたいことは言《い》いおわっていない。もっとあるんだ。もっと。

夏樹《なつき》は気《き》をとりなおして、また前《まえ》を向《む》いた。

「とにかく最悪《さいあく》だったのは──」

「……最悪《さいあく》だったのは？」

「小早川《こばやかわ》さんと恵《けい》ちゃんがＬＩＮＥ《ライン》してるって知《し》ったとき。マジでふざけんな！　って思《おも》った。ヤキモチとか嫉妬《しっと》とおりこして、生《う》まれて初《はじ》めての感情《かんじょう》だったし、背中《せなか》と耳《みみ》の裏《うら》がかあーっと熱《あつ》くなって、その日《ひ》は授業《じゅぎょう》がなにも頭《あたま》に入《はい》らなかった。……で、今《いま》もそうなんだ。キスをしたって知《し》った日《ひ》から、ずっと、ほかのことが手《て》につかないでいる」

「……そんなの……私《わたし》だってそうだって言《い》った！」

杏奈《あんな》が叫《さけ》ぶ。

夏樹《なつき》は胸《むね》がぎゅっと苦《くる》しくなった。たしかにそうだった。杏奈《あんな》は気持《きも》ちをぶつけたのに、夏樹《なつき》は答《こた》えを返《かえ》さなかった。

逃《に》げてばかりいた。

「だからちゃんと言《い》わなくちゃ。……思《おも》ってたのに、自信《じしん》がなくてずるずるずるずる。だから、ごめんなさいからはじめたいって思《おも》ったんだ」

傷《きず》つくのが怖《こわ》くて逃《に》げてきたけれど。

勇気《ゆうき》をだしてぶつからなきゃいけないときがある。

今《いま》がそのとき。

「俺《おれ》は、小早川杏奈《こばやかわあんな》さんが、好《す》きです。もう好《す》きで好《す》きで、たまりません!!」


杏奈《あんな》はそっと目《め》を閉《と》じた。

目《め》を閉《と》じて、まぶたの裏《うら》にうかんだ人《ひと》が、好《す》きな人《ひと》。

今《いま》、杏奈《あんな》のまぶたの裏《うら》にうかんだのは、まぎれもなく夏樹《なつき》の姿《すがた》だった。

ちょっと頼《たよ》りなくて、でもやさしい。バカがつくほど正直《しょうじき》な男《おとこ》の子《こ》。

羽柴夏樹《はしばなつき》。

杏奈《あんな》はほっとしたようにほほえみ、ゆっくり目《め》を開《あ》ける。


「ごめんなさい――」

と杏奈《あんな》がささやく。

夏樹《なつき》が不安《ふあん》そうに見《み》つめると、杏奈《あんな》は言葉《ことば》を続《つづ》けた。

「――からはいやだ……。続《つづ》きからは、いやだ。ちゃんと、初《はじ》めから、はじめたい！」

杏奈《あんな》も勇気《ゆうき》をふりしぼる。

「私《わたし》も、羽柴夏樹《はしばなつき》くんが好《す》きです。好《す》きで好《す》きで、大好《だいす》きです」

プラネタリウムには、数《かぞ》えきれないくらいの星《ほし》がまたたいている。

それはまるで本物《ほんもの》の星《ほし》のように、キラキラと輝《かがや》いていた。

二人《ふたり》はおそるおそる近《ちか》づくと、目《め》を閉《と》じて、少《すこ》しふるえながら抱《だ》きしめあった。

そして、まぶたを開《あ》けた二人《ふたり》は、同時《どうじ》につぶやく。

「「よろしくお願《ねが》いします」」

思《おも》わずほほえみあって、手《て》をとる。

「行《い》こ」

「うん」

つないだ手《て》をしっかりにぎって、二人《ふたり》は美術室《びじゅつしつ》のドアを開《あ》けた。

エピローグ

数分前《すうふんまえ》のこと。

夏樹《なつき》が階段《かいだん》をかけあがり、美術室《びじゅつしつ》までやってきた。

息《いき》を切《き》らしながらドアを開《あ》け、中《なか》へ入《はい》っていく。

すると、廊下《ろうか》で待機《たいき》していた恵一《けいいち》がやってきて、そっとドアを閉《し》める。

続《つづ》いて松永《まつなが》とまり、剛《つよし》、幸子《ゆきこ》があらわれ、悔《くや》しそうな顔《かお》をする。

みんな、恵一《けいいち》にまんまとだまされていたのだ。


「——そういうことかよ」

松永《まつなが》がヘロヘロと脱力《だつりょく》する。

「こうでもしないと、こうはなんなかったでしょうが。友《とも》だち、なんだと思《おも》ってんだよ」

恵一《けいいち》が言《い》うと、松永《まつなが》が両手《りょうて》を合《あ》わせた。

「ごめーん！」

「焼肉《やきにく》おごれよ」

「冗談《じょうだん》キツいよ、恵一《けいいち》さーん」

そのとき、美術室《びじゅつしつ》から夏樹《なつき》と杏奈《あんな》が手《て》をつないでできた。

廊下《ろうか》に恵一《けいいち》たちがいることに気《き》づいて、びっくりする。

そしてみんなに「おめでとう！」だとか「チューしたの？」だとか、さんざんいじられたころ、杏奈《あんな》はふと窓《まど》の外《そと》の虹《にじ》に気《き》づいた。

いつの間《ま》にか雨《あめ》はあがり、空《そら》には胸《むね》がすくような美《うつく》しい虹《にじ》がかかっていた。

「虹《にじ》……」

杏奈《あんな》がつぶやくと、ほかのみんなも窓《まど》の外《そと》を見《み》る。

「でかい！」

「めっちゃキレー！」

「おい、写真撮《しゃしんと》ろうぜ、写真《しゃしん》！」

みんなは口々《くちぐち》に好《す》き勝手《かって》なことを言《い》いながら、わたり廊下《ろうか》へかけだしていった。

これが彼《かれ》らの毎日《まいにち》。
どこにでもありそうで、どこにもない。
いつかは消《き》えてしまうけれど、とびきりきれいな、虹色《にじいろ》の日々《ひび》。

（おわり）

この本《ほん》は映画《えいが》『虹色《にじいろ》デイズ』(二〇一八年《ねん》七月公開《がつこうかい》)をもとにノベライズしたものです。

また、映画《えいが》『虹色《にじいろ》デイズ』は、集英社《しゅうえいしゃ》マーガレットコミックス刊《かん》『虹色《にじいろ》デイズ』(水野美波《みずのみなみ》/集英社《しゅうえいしゃ》)を原作《げんさく》として映画化《えいがか》されました。

集英社みらい文庫

虹色《にじいろ》デイズ

映画《えいが》ノベライズ みらい文庫版《ぶんこばん》

水野美波《みずのみなみ》　原作
はのまきみ　著
根津理香《ねづりか》　飯塚《いいづか》 健《けん》　脚本

ファンレターのあて先
〒101-8050　東京都千代田区一ツ橋2-5-10　集英社みらい文庫編集部
いただいたお便りは編集部から先生におわたしいたします。

2018年6月27日　第1刷発行

発行者　北畠輝幸
発行所　株式会社 集英社
〒101-8050　東京都千代田区一ツ橋 2-5-10
電話　編集部 03-3230-6246
読者係 03-3230-6080
販売部 03-3230-6393(書店専用)
http://miraibunko.jp
装丁　+++ 野田由美子　中島由佳理
印刷　凸版印刷株式会社
製本　凸版印刷株式会社

★この作品はフィクションです。実在の人物・団体・事件などにはいっさい関係ありません。

ISBN978-4-08-321445-5　C8293　N.D.C.913　170P　18cm

映《えい》画《が》原《げん》作《さく》コミック!!
『虹《にじ》色《いろ》デイズ』

からのお知らせ
たったひとつの君《きみ》との約束《やくそく》
～好《す》きな人《ひと》には、好《す》きな人《ひと》がいて～
みんな、
片《かた》思《おも》い。
みずのまい・作《さく》
U35（うみこ）・絵《え》
大《だい》人《にん》気《き》発《はつ》売《ばい》中《ちゅう》!!

持病《じびょう》のある小《しょう》6のみらいは、
ちがう学校《がっこう》の男《おとこ》の子《こ》・ひかりに片思《かたおも》い中《ちゅう》。
ある日《ひ》、机《つくえ》の奥《おく》にしまっておいたひかりからの手紙《てがみ》が、
だれかに読《よ》まれたことに気《き》づいたみらい。
「まさか、お母《かあ》さん!?」
そんななか、とある目的《もくてき》をもったひかりが
みらいの家《いえ》に来《く》ることになる。
みらいは、ふたりっきりなことを意識《いしき》してしまい……?
ドキドキ最高潮《さいこうちょう》の超人気恋愛《ちょうにんきれんあい》シリーズ第《だい》6弾《だん》。

第《だい》1弾《だん》〜第《だい》5弾《だん》
大人気《だいにんき》
発売中《はつばいちゅう》!

第《だい》1弾《だん》

〜また、会《あ》えるよね?〜

第《だい》2弾《だん》

〜はなれていても〜

第《だい》3弾《だん》

〜かなしいうそ〜

第《だい》4弾《だん》

〜キモチ、伝《つた》えたいのに〜

第《だい》5弾《だん》

〜失恋修学旅行《しつれんしゅうがくりょこう》〜

「みらい文庫《ぶんこ》」読者《どくしゃ》のみなさんへ

言葉《ことば》を学《まな》ぶ、感性《かんせい》を磨《みが》く、創造力《そうぞうりょく》を育《はぐく》む……、読書《どくしょ》は「人間力《にんげんりょく》」を高《たか》めるために欠《か》かせません。

たった一枚《いちまい》のページをめくる向《む》こう側《がわ》に、未知《みち》の世界《せかい》、ドキドキのみらいが無限《むげん》に広《ひろ》がっている。

これこそが「本《ほん》」だけが持《も》っているパワーです。

学校《がっこう》の朝《あさ》の読書《どくしょ》に、休《やす》み時間《じかん》に、放課後《ほうかご》に……。いつでも、どこでも、すぐに続《つづ》きを読《よ》みたくなるような、魅力《みりょく》に溢《あふ》れる本《ほん》をたくさん揃《そろ》えていきたい。読書《どくしょ》がくれる、心《こころ》がきらきらしたり胸《むね》がきゅんとする瞬間《しゅんかん》を体験《たいけん》してほしい、楽《たの》しんでほしい。みらいの日本《にほん》、そして世界《せかい》を担《にな》うみなさんが、やがて大人《おとな》になった時《とき》、「読書《どくしょ》の魅力《みりょく》を初《はじ》めて知《し》った本《ほん》」「自分《じぶん》のおこづかいで初《はじ》めて買《か》った一冊《いっさつ》」と思《おも》い出《だ》してくれるような作品《さくひん》を一所懸命《いっしょけんめい》、大切《たいせつ》に創《つく》っていきたい。

そんないっぱいの想《おも》いを込《こ》めながら、作家《さっか》の先生方《せんせいがた》と一緒《いっしょ》に、私《わたし》たちは素敵《すてき》な本作《ほんづく》りを続《つづ》けていきます。「みらい文庫《ぶんこ》」は、無限《むげん》の宇宙《うちゅう》に浮《う》かぶ星《ほし》のように、夢《ゆめ》をたたえ輝《かがや》きながら、次々《つぎつぎ》と新《あたら》しく生《う》まれ続《つづ》けます。

本《ほん》を持《も》つ、その手《て》の中《なか》に、ドキドキするみらい――。

本《ほん》の宇宙《うちゅう》から、自分《じぶん》だけの健《すこ》やかな空想力《くうそうりょく》を育《そだ》て、〝みらいの星《ほし》〟をたくさん見《み》つけてください。

そして、大切《たいせつ》なこと、大切《たいせつ》な人《ひと》をきちんと守《まも》る、強《つよ》くて、やさしい大人《おとな》になってくれることを心《こころ》から願《ねが》っています。

2011年《ねん》 春《はる》

集英社《しゅうえいしゃ》みらい文庫《ぶんこ》編集部《へんしゅうぶ》